古書堂事件手帖

～栞子與她的奇異賓客～

三上 延

古書堂事件手帖

～栞子與她的奇異賓客～

三上 延

輕文學
Light Literature

序章

六年前的那一天，我沿著北鎌倉的坡道往下，步履蹣跚地走在鐵路沿線的小巷中。短袖的白色襯衫被汗水溽濕，緊緊黏附在背上。煩人的蟬聲不絕於耳，隨處可見的繡球花還來不及凋落，夏天就已隨著梅雨結束而來臨。

對於不愛衝浪的當地居民而言，夏天並不是個令人高興的季節。雖然由比之濱和江之島海岸的海水浴場都已經開放，不過，附近的國高中生卻不太愛在這一帶的海邊戲水、游泳，因為觀光客多到人山人海，就連海灘也會呈現出奇怪的汙濁色彩。

我是位於半山腰上的縣立高中二年級學生。那一天雖然是星期天，但我為了要拿回不小心忘在學校裡的教科書，所以才剛從學校離開，準備踏上回家之路。由於錯過了一小時才一班的公車，所以原本搭乘公車上下學的我，只好轉往JR車站的方向。這道路狹窄又三面環山的鎌倉，有些地區的交通還真是不便到令人匪夷所思的程度。

右手邊可以看見北鎌倉車站的月台，這個月台非常地長，而且只有一邊有驗票口，所以必須走上長長一段路才能進到站內。

而左手邊則是成排的舊式建築，家家戶戶庭院裡栽種的樹木都相當高大繁茂、綠意盎然。或許沒什麼人知道，或是即使知道也不太留意——在這條小巷裡有一家舊書店。

這幢經過歲月洗禮的木造建築甚至連店名都不曾掛上，僅僅在店門口放了一個以風力轉動的老招牌，上頭的字跡龍飛鳳舞地寫著「舊書收購、誠實鑑價」。因為有點生鏽，所以轉不太動。

當我正要通過這家不知店名為何的書店門口時……

料想不到的事情就在此時發生了，木框拉門喀啦喀啦地被拉開，一名年輕女子從門中走了出來。

年輕女子穿著無袖的白色罩衫加上藍色長裙，一身樸素的裝扮；以大麻花辮紮起的長髮盤在後頸上，白皙的肌膚襯得水汪汪的黑色眼眸更顯明亮，直挺的鼻梁下有一雙薄唇。

她的年紀應該比我稍微大一些吧，外型和我認識的所有人都不像，是個會讓人不由得停下腳步多看一眼的美女，但看來不像是令人難以親近的冰山美人。她將嘴唇噘成小鳥般，發出嘶啞的聲響：

「嘶——嘶嘶——嘶——」

我花了一些時間才明白，原來她在吹口哨，看來似乎是個不太靈巧的人。

她從老舊的木造房屋中拉出一台小小的置物車。看起來像是舊書店的員工，正準備開店。

她連眼角也不曾瞥向呆站在一旁的我，專注地將置物車推到定位。置物車上立著一個草率寫著「百圓均一」的木牌，看來似乎是用來擺放特價書籍。

正當她打算回到店內時，目光突然停駐在看板立牌上，發出了「咦」的一聲輕響，並以手掌推了一下鋼板，招牌帶著嘰嘰嘎嘎的聲音轉動起來，轉到「舊書收購、誠實鑑價」的背側便停了下來。

「文現里亞古書堂」

我稍微思索了半晌，才察覺這應該就是書店的名字吧！原來這不是一家沒有店名的書店。她帶著躍動般的輕盈步伐回到店內，直到最後都沒有發現呆站在一旁的我。

（那個人是誰？）

這家店應該是由一位頭髮花白的中年男子獨自經營才對，難道是請了大學生來打工嗎？

我不由自主地靠近「文現里亞古書堂」，從拉門上的玻璃偷看幽暗的店內。在書架的對面有一個堆滿書本的櫃檯，從書籍堆成的山谷間隙中發現了那位女子的身影。

彷彿被埋在書中一樣，她正在翻閱著一本很大的書。眼鏡下圓睜的杏眼閃耀著燦爛的光芒，即使從我站的地方也能看得一清二楚。她時而微笑、時而用力點頭，一刻也不曾安靜。

（真的很喜歡看書呢。）

這就是所謂的渾然忘我吧，雖然看起來有點奇怪，但我還是第一次見到看書時表情如此生動、如此樂在其中的人，真是讓我羨慕不已。到底在看什麼書呢？什麼內容那麼有趣呢？

我將手伸到拉門上，但終究還是放棄地垂下手。問她這些事又能怎麼樣呢？看書這件事根本就與我無緣，這是我擁有的「體質」。我帶著低落的情緒離開店門口，緩緩地往車站邁步而去。

在幽暗的店內看書的那道身影，如同一幅畫般深深烙印在我的腦海裡。直到穿過鐵路進入驗票口、站在月台上的時候，我好幾次都想再回到那家店向那位女生攀談，但結果還是不了了之。

我就這樣搭上橫須賀線返回家中。

對於沒有任何行動而任機會流逝的自己，我並不覺得有何奇怪。能夠妥善掌握相遇契機的人，應該是擁有特別才能的人。凡人大概就只會選擇默默地經過，而我也只是和凡人一樣，採取最普通不過的行動罷了。

不過，即使到了現在，有時候我還是會不禁想像——如果當時我走進那家店，和她變得熟稔的話，不知道會演變成什麼情況。或許，我的人生在那一瞬間起，就會變得有所不同吧！

算了，這種假設根本毫無意義，繼續想下去只會沒完沒了而已。

在此，我還是先寫個前言稍加說明。

這是一個關於舊書的故事。關於一些舊書以及圍繞在這些舊書旁的人們的故事。

流轉於人們手上的舊書，除了書中的故事之外，書本身也擁有自己的故事。這句話雖然是引用別人所說的話，但是我覺得非常有道理。只不過，如果要再加以補充的話，就是那些「故事」不見得都是美麗的，或許也有著令人不由得想要別開目光的醜惡內容，就和這世上存在的所有事物一樣。

我的名字叫五浦大輔，今年二十三歲。和我有關聯的舊書——自然就是《漱石全集》了。

那麼，首先就從這個故事開始說起吧。

第一話

夏目漱石

《漱石全集・新版》（岩波書店）

從小時候開始，我對看書這件事情就束手無策。

閱讀上面排滿印刷字體的書籍，對我來說更是痛苦萬分。只要長時間翻書，眼睛盯著字看，我就會沉不住氣、心跳加速、掌心冒汗，最後甚至會噁心反胃。稱之為閱讀恐懼症也不為過。

我在學校裡可說被書折騰得相當悽慘，因為不管哪本教科書裡都滿是印刷字體。若是只要聽課寫筆記的科目，還沒什麼問題；但是，需要熟讀教科書的英文和現代國文，成績就慘不忍睹了。到現在為止，只要看到「長篇閱讀測驗」這幾個字，我脖子都還會汗毛直豎呢。

雖然也曾跟母親和老師提過，但他們只會安慰我說：若天生就討厭書的話也沒辦法，人原本就各有擅長的事物，這是理所當然的事，不需要特別在意喔。

他們體貼的心意我雖然很感謝，不過，他們的體貼可以說完全搞錯了重點。我並非討厭看書，而是想看書卻無法如願，因為當要看書時，身體就會自然而然地產生抗拒。

無法解開他們的誤解，也可能是因為我不擅長說明的關係。然而最大的原因，應該還是出在我的外表吧！因為我看起來就是不可能會喜歡看書的模樣。不管站在哪裡，我的身高永遠高人一等，體格也很魁梧。不管是誰，都會認為我是頭腦簡單、四肢發達的類型。在運動會和體育競賽時，一定會被推派為選手強制參加，被體育類社團力邀加入的情況更有如家常便飯。

然而，我對體育活動卻沒什麼興趣，反而想要看書，在學校時也經常擔任圖書股長。整理圖書這種大家討厭的工作我也不覺辛苦。當時我的樂趣就是站在書架旁邊，按照順序欣賞書背。只要不打開書本，單純想像內容的話身體就沒什麼問題。

不過，我這種體質並非與生俱來。至於為什麼會造成這種體質，我心裡也有數。那段與《漱石全集》相關的故事，就是造就我這個體質的導火線。

那是我上小學前發生的事。在一個細雨綿綿的春日時分，我獨自在老家二樓的起居室看書。

在此先稍微介紹一下我的老家。

我的老家位於大船，剛好處在橫濱市和鎌倉市的交界，只要從東京搭ＪＲ線來鎌倉觀光的話，一定會經過這個地方。

在大船車站附近的山坡地上，矗立著一座只有上半身的巨大觀音像。雖然照耀其上的聚光燈讓觀音像看來氣勢十足，不過，突然從樹林間冒出的白色臉龐，不免有些嚇人。除了二十四小時都有細眼觀音看顧注視的這點以外，這裡可說是個毫無特色的樸實住宅區。

過去，這裡除了觀音像之外，還有一個獨特之處，那就是這裡曾是日本屈指可數的電影拍攝片廠。雖然片廠在我國中時就已關閉，但是外婆不時就會提起，這個支持著日本電影黃金時期的城鎮，曾擁有如何輝煌的時光。然而對於不熟悉電影的我來說，依然不是很了解這些事。

與拍攝片廠近若咫尺的「五浦食堂」就是我家，那是一家會在豬排蓋飯撒上豌豆，並和醃蘿蔔一起端出來的普通日式簡餐店。

這間食堂最早是由我的外曾祖父所建，外婆繼承下來經營。聽說過去因為有很多片廠的工作人員光顧，所以生意相當興隆，但自我懂事以來，就算講得好聽點，客人也不能說算多。

這並不是因為餐館的評價變差了，而是因為隨著拍攝的電影數量減少，在片廠工作的員工也跟著銳減之故。外婆並沒有僱用店員，而是獨自一人扛下店鋪經營的大小事務。

我們住在餐館的二樓，是一個由外婆、媽媽和我組成的三人小家庭。父親在我出生前就已過世，媽媽則回到娘家生下我。另外一提，把我取名叫「大輔」的人是外婆。

因為媽媽在橫濱的食品公司上班，所以教養小孩的工作幾乎全都落在外婆身上。從拿筷子的方式到鞠躬的姿勢等，只要做錯一件事，就會飛來十頓說教。雖然身為全家唯一的一個男孫，我卻不曾有倍受寵愛的記憶。

雖然外婆有著圓潤的下巴，看起來十分和藹，但唯獨眼神特別銳利。五官長相與山上的觀音像幾乎一模一樣。

好了，剛才也提過了，那天我獨自一人在二樓的起居室閱讀繪本，應該是在看《古利與古拉》（註1）吧。直到這一天、這一刻為止，我還是一個非常愛看書的文靜小孩。除了繪本之外，也會閱讀加上讀音的兒童讀物，當時只要一到書店就會央求大人買新書給我，對此我如今仍印象深刻。

當把家中所有的書都看膩了之後，我開始覺得百般無聊。當時正值午餐時間快要結束的時候，樓下傳來客人的聊天聲與電視機的聲音。雖然想要出去玩，但外面下著雨也只好放棄。

我離開起居室，走到外婆位於走廊盡頭的房間。那是一間朝北的小和室，天花板矮得出奇。這棟房子由於不斷重複擴建的緣故，很多地方的格局都變得有點奇怪。

外婆雖然告誡過我，不可以擅自進入這個房間，不過，我有我的目的——那就是來找書看。

在和室的一面牆上立著一個大書櫃，裡面擺放的自然是外婆的藏書。外貌酷似觀音菩薩的外婆，結婚前似乎是一位惹人憐愛的文學少女。據說她當年在店裡幫忙所得的零用錢，幾乎都花在書本上。

外婆收集的書，主要都是明治、大正時期（註2）的舊日本文學作品，不過，當時的我並不了解那些書的內容為何。只是想著既然有這麼多的書，那麼或許會有一些適合我看的吧！我懷抱著這份期待來到外婆房間。

註1：日本著名兒童繪本，描寫一對雙胞胎野鼠古利與古拉的故事。
註2：約指一八六八年～一九二六年間。

我從排列整齊的架上抽出書來，確認裡面的內容。那時的我還看不懂漢字。我並沒有將拿出的書放回書櫃，而是隨手疊放在旁邊後，又伸手去拿另一本書。當時到底算是在找書呢？還是在玩把書本弄亂的遊戲呢？我自己也搞不清楚。

當書櫃上到處都出現空隙之後，我發現在書櫃的最下面一層排放著許多以書盒收藏著的小開本書籍。因為書本袖珍，讓我心想這會不會是兒童讀物呢？把臉湊近一看，才遺憾地發現書盒背上印刷的書名依然全是漢字，僅僅一本上面寫著平假名，我一個字一個字地慢慢讀了出來。

「從、此、以、後……」

這到底是什麼書呢？就在我打算從書櫃中拿出書來，伸手碰觸到書盒的那一刻……

「你在做什麼？」

一道低沉的嗓音在我頭頂上響起。我嚇了一跳回過頭，發現穿著圍裙的外婆正低頭看著我。不知何時來到二樓的外婆，以有如觀音菩薩般的細長雙眼注視著我，我不禁害怕地發起抖來。

我正坐在散亂著數十本書的榻榻米上。

突然間，我想起了外婆曾告誡我，要我盡量不要進到這房間的事。而這句告誡還有下文——如果進到房間，也絕對不要碰書櫃上的書，因為那是我最珍視的東西。

這時我知道有件事絕對非做不可。外婆是個非常嚴厲的人，不過只要誠心道歉就會獲得原諒。之前把餐館的椅子排成隧道來玩的時候也是，正當我跪下來開口說對不起，低頭道歉時——

外婆的反應卻超乎想像。她粗暴地抓住我的肩膀，把我拉起來站直，接著對還驚慌失措的我連續打了兩巴掌，力道十足，毫不留情。我被打得跌倒在地，手肘和大腿剛好撞到了書本。就在我即將哭出來的那一瞬間，外婆又立刻把我拉起，在極近的距離下，以觀音菩薩般的三白眼瞪著我。驚魂未定的我，小便還差點漏了出來。印象中外婆從不曾動手打我，除了這次以外。

「……不准看這些書！」

外婆以嘶啞的聲音如此說道，像是再次叮嚀般地又補上一句：

「如果再做同樣的事，你就再也不是我們家的小孩了。」

我只是默默地點頭。

老實說，我不是心理學者，也無法斷言這件事是否就是造成我奇特「體質」的原因。而我也是長大成人之後才想到，源頭或許就是自此而起吧！

唯一能確定的是，自從惹外婆大發雷霆之後，我就變成一個恐懼印刷字體的人。當然，從此之後，我也不曾擅自進入屋裡的那間和室。

我不清楚外婆是何時發現我的轉變，但她好幾年來都不曾提過這件往事。對外婆來說，那或許也是個苦澀的記憶吧！

我們兩個人談及這件事，竟然是在事隔十五年之後，當時，外婆住進附近的醫院，而我前往探望。關於打你的那件事……外婆就這樣完全沒有預兆，直接開始說起來：

「看到你在我的房間裡，真是嚇了我一跳。之前都不曾發生過這種事吧？」

那口氣就像是在談論上星期才發生的事一樣，我稍加思索後才理解外婆在說些什麼。

不管是說著話的外婆，還是聽著話的我，和當時都已經大不相同了。我成長得比一般人還要高壯，也已舉行過了成人式；而原本體型就嬌小的外婆，由於消瘦之故變得更加瘦小，因身體不適而臨時休業的次數也日漸頻繁。

那時正值梅雨季剛開始，外面下著濛濛細雨。每逢季節交替時外婆就會受偏頭痛所苦，不過，這次的偏頭痛持續時間很久，因而入院檢查。正處於就職面試高峰期的我，在聽完公司的說明會後順路來醫院探望。身穿西裝聽著五歲時的往事，感覺有點奇妙。

「我並沒有想要打你，當時真是做錯了呢。」

外婆望向遠方，眼神異常清澈，讓我莫名地覺得不安。

「擅自進入外婆房間的人是我啊，不用放在心上。」

那並不是需要記恨的事，而且，從那次之後外婆也不曾動手打過我。然而，外婆的表情卻依然消沉。

「如果你到現在還持續看書，人生應該會大不相同吧！我是這麼認為的。」

我以指尖輕摳眉毛。或許外婆說得沒錯，我並沒有繼續執著於看書這件事，在大學時期受到人家勸說後加入了柔道社。四年的期間，不但取得了段位，還在縣內的體重分級選手賽中，擠進前幾名。短時間內就達到相當程度的水準，頸部和肩膀都很結實，體格也變得愈來愈好。

「……都到現在了，就算不看書也無所謂啊！」

我如此說道。這句話有一半是場面話，有一半是真心的。雖然我的大學生活也還算充實，不過——如果能夠看書，現在一定會做些不同的事吧！

「是這樣嗎？」

外婆嘆了一口氣之後，閉起眼睛。我原本還以為外婆睡著了，結果沒想到隔了一陣子，她又開口說道：

「……你會和什麼樣的人結婚呢？」

「什麼？」

外婆突然轉變話題令我困惑不已，剛才提起動手教訓我的事也很突然。從剛才開始我就覺得外婆說話沒有重點，舉止有些奇怪。

「結婚還早得很吧！」

在回話的同時，我轉頭看向敞開的門外，想著如果剛好有護士小姐經過，請她們看一下外婆的狀況可能比較好。

「或許可以跟喜歡書的女孩結婚呢！即使你沒辦法看書，她也可以跟你說書中的故事……不過，因為書蟲會喜歡同類，可能有點困難呢。」

外婆捉弄似地對我說，令我很難斷定這到底是在開玩笑，還只是神智不清？接著，外婆又像是突然想到了什麼，補上一句話：

「……我死了之後，我的書就隨你們處置。」

像是臉上突然被潑了冷水一般，雖然想強裝鎮靜，但我並不是個靈活應變的人。

「您……您說什麼……說這些還太早了吧。」

我吶吶地低聲回答。外公和父親都在我出生前就去世了，這是我第一次從至親口中聽到這樣的話。外婆閉上眼苦笑著，像是在說她很清楚我內心的震撼。

外婆的腦中有惡性腫瘤，時日也不多了。雖然還沒有人跟她說過精密檢查的結果，但或許隱約從我和媽媽的態度中猜到一二了吧，觀音菩薩之眼果然不是浪得虛名。

我終於了解，外婆從剛才開始究竟想講些什麼了。

那就是想在生前傳達給我這個外孫的事——也就是遺言。

*

在葬禮過了一年多之後——二〇一〇年八月的盛暑時節，我才再次想起外婆的書。大學畢業後，我依然住在大船的老家。中午左右才勉強從床上爬起時，房外傳來媽媽的聲音：

「噗輔，來一下。」

平常要上班的媽媽居然會在家，這讓我稍微有些困惑，過不久後才想起今天是星期天。畢業之後，對星期幾已經沒什麼概念了。

打著哈欠離開房間，發現走廊盡頭處的拉門開著。媽媽似乎在外婆以前起居的和室房間裡。

「好痛！」

一踏入和室，我的頭便狠狠撞上門楣。柱子甚至發出嘰嘎的搖晃聲響。

「你在做什麼，噗輔？房子都要被你撞垮了。」

媽媽雙手扠腰、雙腳張開地站在房間中央如此說道。她的頭已經快要碰到從天花板上垂下的日光燈罩了，雖然遠不及我，但媽媽的身材也相當高。

「因為就只有這裡的門楣特別矮嘛！」

我按著額頭找藉口辯解。之前也曾提過，這個家擴建了很多次，格局頗為奇怪。雖然說門楣矮，也不過幾公分之差，但這微妙的幾公分之差反倒容易令人疏忽。

「那是因為你迷迷糊糊的吧？除了你之外，都沒人撞到過喔！」

我覺得應該不至於吧，門楣上明明還釘著黑色橡膠板。自我懂事以來它就已經釘在上面了，可見以前住在這裡的人一定也曾經撞到頭！竟然認為只有我一個人會迷糊撞上，還真令人意外。

「我正在整理你外婆的東西……」

媽媽邊說著，忍不住抱怨了一下：

「……啊，真是的，兩個高大的人站在這裡，感覺還真擁擠呢，坐下吧！」

媽媽這麼一說後，我面朝著跪坐的她，盤腿坐了下來。圓潤的下巴加上細細的眼睛，可以若無其事地說出尖酸刻薄的話語。除了身材之外，媽媽和外婆幾乎有如同一個模子印出來的。媽媽有兩個姊姊，也就是我的阿姨，但最像外婆的人就是媽媽。

雖然如此，媽媽本人對於擁有母親的遺傳卻一點也不高興，更不如說，因為相像而生氣吧！我從不曾看過媽媽和外婆平靜地講話超過五分鐘以上。媽媽不願在「五浦食堂」幫忙而去外面工作，或許也是不想和外婆在餐館裡朝夕相處所致。

「你外婆的一週年忌辰也已經過了，所以我想差不多該開始整理了。」

媽媽如此說道。正如她所說，我們坐著位置的周圍疊放了好幾個紙箱。外婆留下的和服、首飾等遺物，阿姨她們早也分完了，殘存在這間房裡的都是些沒人要的東西。雖然不知道為什麼過了一週年忌辰之後，就是該整理遺物的時間，不過，遲早還是非整理不可。

我不安地扭動著背部，直到現在，身處這個房間還是會令我坐立難安。像現在這種凌亂的模樣，更是讓我清楚回憶起五歲時的情景。為了轉換心情，我瞪大眼睛環視房間四周，結果發現一個重大的變化。

「外婆的書呢？」

滿牆的書櫃，如今已是空空如也，連一本書也不剩。

「書在這裡面啊，我不是說我在整理嗎？你都沒在聽喔！」

砰砰，媽媽伸手拍了拍旁邊的紙箱。

「你知道關谷交流道附近有個老人院嗎？我有個熟人在那邊工作，因為想要成立圖書室，所以正在募集書刊。我跟對方提到家裡有一些書，可不可以給他們？對方高興得不得了，還說只要可以幫忙送去，不管多少本都願意收下。所以我就跟對方說，那麼就讓我家那個遊手好閒的噗輔來幫忙送……」

「妳在外面也這樣叫我喔……」

噗輔指的就是我，這綽號是由用來稱呼無業遊民的「噗」（註3）和大輔的「輔」結合而成。

媽媽竟然還將這個令人討厭的綽號到處宣傳。

「我取的綽號很貼切啊，事實就是如此，也不工作，整天遊手好閒。」

註3：日文中的流行語，原為放屁聲，以很隨性放屁也無所謂之意，引申為不願找正職，只想自由自在、隨性過生活。

「……又不是我自己喜歡不工作。」

我的工作到現在都還沒有著落。原本一家位於橫濱的小建設公司已經發給我錄取通知，不過，那家公司在今年二月時突然倒閉。雖然我現在也持續在找工作，不過，一直都還沒有得到面試的通知。我並非畢業於名門大學，除了體力之外也沒有什麼特別的優點，而目前的不景氣更加劇了難以就業的困境。

「你太挑剔了，只想找自己喜歡的工作，去參加自衛隊或警察的考試看看嘛。明明就遺傳到我，體格比別人高大這麼多，也不坦率地好好利用這項優勢。」

想不出可以反駁的話，被大家勸說參加自衛隊或警察的特考，也不是一次兩次了。柔道的段位在工作上也能加分，只不過習武四年後，讓我了解到自己的個性不適合和人爭鬥。雖然，我不覺得勞動身體是一件苦差事，不過，比起保護市民安全或維護國家和平，我還是寧願做一些比較不起眼的工作。

「那個，關於書的事。」

我試著轉移話題。這種要我以當公務員為目標的事，暫且還是等以後再說。

「那不是外婆很珍惜的書嗎？也不必非要捐給別人……」

「沒關係啦。」

媽媽毫不遲疑地回答。

「因為你外婆說過『我死了之後，我的書就隨你們處置』，你沒聽她說嗎？」

「是有聽過啦！但也不表示要我們拿去送人或丟掉吧！」

我覺得應該是指隨你們誰要就拿去，也就是讓我們好好收藏的意思。但媽媽一副你不懂啦的感嘆模樣，搖搖頭說：

「看來你還不了解你外婆啊！她最愛說『不管什麼東西都無法帶到那個世界』。所以，像你外公去世時，她也馬上就把遺物都處理掉。她就是會這麼想的人。」

這麼說來，我倒是真的不記得外婆擁有任何類似外公遺物的東西。外公在很久以前就已經去世了，大約是在媽媽剛上小學的時候。那時，正好也是像現在一般的酷暑，據說是在前往川崎大師寺參拜後，在返家途中遇到車禍的樣子。

「如果你要看的話，那就另當別論了。」

不，我沒有要看，應該說我沒辦法看。反正，放在家裡也只是當成擺飾而已，或許把這些書送給想看的人比較好。

「那麼，我開車送過去就可以了吧？」

我轉動身子環視一下房間。從書櫃上拿下來的書尚未裝箱完畢，有些還四散在榻榻米上，得將那些書全部裝箱後才能拿到車上。

「嗯。不過，我有事想先跟你商量。」

媽媽把堆在榻榻米上的一小堆書推到我眼前，大概有三十本左右。那是比其他書更小、更薄，如少年漫畫單行本那般大小的書籍。就像被挖掘出來一般，埋藏在我心中的厭惡記憶再度甦醒。沒錯，這就是那時我試圖要拿出來的書。直到此時，我才第一次注意到《漱石全集》這個書名，那是夏目漱石的作品《從此以後》。

「我想可能有私房錢藏在裡面，所以每一本都翻了一下，不過……」

連這種事都做喔！完全不理會我受不了的表情，媽媽從印著《第八冊　從此以後》的書盒中取出書，把包著一層薄薄防潮紙的封面翻開來讓我看。

「你看，我發現了這個！」

沒有印刷任何文字的右側空白襯頁上，有著由細毛筆寫上的文字，字跡稱不上漂亮，文字的整體平衡與間隔也有點怪。

「夏目漱石

致田中嘉雄先生」

寫在書上的字有兩行。「夏目漱石」寫在襯頁的正中央，而「致田中嘉雄先生」則較靠近裝訂處。

「這是不是夏目漱石的簽名？如果是真的，那可就不得了了！」

媽媽的眼睛散發出閃亮的光芒，不過，我的情緒並沒有隨之起舞。假如這簽名是真的確實很不得了，但如果是假的就沒什麼好大驚小怪了。

接過書打開後，一股古老紙張的臭味撲鼻而來。一看到排列在書上的印刷字體，心窩附近竄起一股寒意。我急忙翻到最後一頁，上面印著發行年月日——昭和三十一年七月二十七日，出版社是岩波書店。

「……是你外婆結婚前一年呢。」

我疑惑地歪著頭，夏目漱石有活到那時候嗎？他應該是更早之前的人吧！

「這個叫田中的人是誰啊？」

外婆的名字叫五浦絹子，名字完全不對，假設，夏目漱石真的替田中這個人簽了名，為什麼這本書會在外婆手上呢？

「我不認識啊，會不會是外婆之前的書主請夏目漱石簽的？因為這本書看起來好像是從舊書店買回來的。」

媽媽伸出手來，啪啦啪啦地翻著書頁，有一張名片大小的紙張像書籤般夾在書裡。看起來像是這套全集的價格標籤，上面略微褪色的字跡寫著：「全三十四冊・初版・藏書印 三五〇〇圓」，雖然不太清楚以前的物價，不過以這麼有價值的古董書來說，不會太便宜了一點嗎？還是有人惡作劇故意這麼寫的？

我吃驚地倒吸了一口氣。

定睛一看，在價格標籤的角落用古雅字體印著「文現里亞古書堂」。在幽暗店內看書的美人身影再度浮現腦海。這就是我高中母校附近的那家舊書店。

「我想知道這套全集現在值多少錢？如果很有價值，平白送人就太浪費了，應該鄭重地收藏起來。不曉得哪裡有知道舊書價值的人，還是你有沒有這樣的朋友？」

我在北鎌倉車站附近停下速克達，將安全帽收進座椅底下。

由前置物籃上取出的百貨公司紙袋內裝著《漱石全集》，時隔數年後，我又再次來到「文現里亞古書堂」。連同周遭的風景在內，這裡和我高中時期幾乎沒什麼不同。車輛無法會車的狹窄道路、老舊的木造建築、生鏽的旋轉招牌、還是一樣稀少的行人。

這家店一定打從外婆年輕時就存在了吧。身為小餐館的女兒，零用錢不可能多到可以一直買新書，之所以能夠收集這麼多書，應該就是在這樣的舊書店裡便宜購買的。稍微一想，就知道這是理所當然的結論。

我來這裡是希望能請對方協助鑑定《漱石全集》，而且也想詢問外婆是否曾經來過。若要再加上一點私心的話，那就是有點期待，想試試看能否打聽到在高中二年級夏天時見過的那位美女的消息。

從六年前的那一天開始，每次經過這裡我都會窺視一下店內，不過，每次都只看到頭髮花白的店主人，帶著有如咬破黃蓮般的苦澀表情在工作。若沒什麼事卻隨意進店問話的行為也令人難以恭維，但今天是有事前來，順便問一下她的事情應該不會太過突兀才對。

舊書店的拉門上掛著「營業中」的牌子。稍微望了一下幽暗的店內，裡面還是一如既往沒什麼改變。店裡排放了幾個大書架，而櫃檯就在書架對面。

有人坐在櫃檯裡面。

但並非那位不苟言笑的店主人，而是一位看似身材嬌小的年輕女性。因為她低垂著頭，所以無法清楚看到臉蛋。我全身的血液都沸騰了起來，或許真的是那時候的那位女子！等我回過神來，才發覺我已拉開入口的拉門。

隨著店員抬起頭來，我那沸騰的體溫也跟著急速下降。在她長度微妙的短髮底下，一雙大眼睜得圓圓的。雖然皮膚曬得像暑假的小學生一樣黑，不過身上倒是穿著高中制服般的白襯衫。和那時的女生一點也不像，是另外一個人。

打工的高中生——不，或許是店主的女兒，她的相貌和店主有點像。少女的目光停在我手中提著的紙袋上。

「啊，是要讓我們收購的書嗎？」

聽到這活力十足的聲音，我突然回過神來。我並非來賣書也不是來買書，只是來問一下內有簽名的《漱石全集》值不值錢。這或許有點厚臉皮。

雖說如此，要是現在就轉身離開感覺也有點蠢，所以我決定還是先和她說說話。

書架與書架間的通道也堆了很多書，對身材魁梧的我來說行走有點困難。腳下的那些書應該沒辦法抽出來吧！那麼客人又要如何購買呢？

少女從櫃檯內站起來，看來是小我很多屆的學妹，穿著我高中母校的制服。暑假中還穿著制服，可能是上午有社團活動的練習吧！

「……不是要請你們收購，只是想請你們幫忙鑑定一下而已，可以嗎？是我外婆過去在這家店買的書。」

我稍微觀察一下對方的表情，但對方只是默默等著我繼續說下去。我將裝著《漱石全集》的紙袋拿到櫃檯上，把《第八冊　從此以後》拿出來取下書盒後，將簽著名字的封面襯頁翻給對方看。此時，少女瞇起眼睛靠了過來。

「就是這個簽名……」

「哇啊！上面簽的是夏目漱石耶！這是真的簽名嗎？」

由於想都沒想過竟然會被反問，一瞬間我竟不知該如何回應。

「就是因為不知道這個簽名是不是真的，所以才來這裡。」

「這樣啊……嗯，這到底是不是真的呢？」

少女抱起雙臂，抬頭看向我。吼！怎麼又把話丟回來啊？

「……可以請你們幫忙鑑定看看這是不是真的嗎？」

「啊，現在沒辦法，因為店長不在，我也不懂這些。」

少女很乾脆地回答。

「那麼店長大概何時會回來呢？」

我開口詢問時，少女的眉毛皺了起來。

「……店長住院中。」

她的聲音變得有些低沉。這麼說來，印象中這家書店似乎經常臨時休業。或許店主的身體並不好。

「是生病嗎？」

「不……嗯，是腳受傷……所以只要有人拿書過來，我就必須拿到醫院請店長鑑價。啊，真麻煩！」

解釋到一半轉成抱怨，不過，就算住院也還得繼續工作這點倒是令人吃驚。看來舊書店即使遇到這種情況也無法停止營業吧！

「算了，因為是在大船綜合醫院，不算很遠，從這裡騎腳踏車，大概十五分鐘左右吧。」

「……啊，是在那裡啊！」

我不加思索地低喃。就在我家附近，對我來說，一提到醫院最先想到的就是大船綜合醫院，不論是媽媽生下我的地方，或是外婆嚥下最後一口氣的地方，都是那裡。

「總之，這些書我就先收下了，因為我暑假還有社團活動，也不曉得能不能馬上就送過去，所以可能得花個幾天，可以嗎？」

我稍微思索了一下。也不好意思請她特意把書拿到醫院請店主鑑定。不管如何，媽媽已經說了「如果簽名是真的就不賣」，還是先帶回家比較好吧！正想要如此回答時，少女就先開口了：

「請問，莫非你常常去大船綜合醫院？」

「……那間醫院就在我家附近。」

少女的表情突然為之一亮。

「這樣的話，可以請你拿到醫院嗎？我會事先聯絡好，可以在醫院當場幫你鑑定喔！」

「咦？」

強行把舊書送到醫院去請人幫忙鑑定，這種事應該是前所未聞吧！而且，還是個無法讓這家店賺到半毛錢的請託，如果那個外表令人不寒而慄的店主知道的話，一定會暴跳如雷吧！

「不……不需要幫忙到這種地步……」

不過，少女已經打開手機，以超快的速度輸入簡訊，根本沒理會我在說話。不消片刻她就已傳送完畢，她闔起手機，朝著我露出潔白的牙齒微笑道：

「我已經傳簡訊過去了，所以什麼時候去都沒問題喔！」

事到如今，也不好意思開口婉拒了，所以我只能默默點頭。

大約過了十五分鐘之後，我來到了大船綜合醫院的停車場。

六層樓高的白色病房大樓，在盛夏的陽光照射下閃閃發亮。由於十年前改建過，大船綜合醫院如今已是這附近最大的醫院。雖然在醫院正面玄關有一片廣大的庭院，不過，不論散步步道或長椅上都看不見病患的身影，只有蟬鳴聲響徹四周。

我手裡拿著裝有《漱石全集》的紙袋，穿過自動門進入建築物中。在冷氣十足的大廳中，門診的病患擠得水洩不通。

我心中帶著自己為何會身在此處的疑惑，爬上通往外科大樓的階梯。自從上次前來領取外婆的遺體後，我不曾再來過這裡。

外婆在病房和我講話後，大約過了一個月左右離開人世。從醫生那裡得到正式的病情報告後，外婆表示想要去草津溫泉當成最後的回憶。因為病情穩定，又是本人提出的希望，所以主治醫生也同意了。

在我和媽媽陪同下，外婆神采奕奕地享受了一趟溫泉之旅，就算和媽媽鬥嘴也樂在其中的模樣，完全看不出來是個病人。然而，當一個星期後回到大船的家時，外婆便立刻昏迷、失去意識，就此與世長辭。這宛如經過周密計算好的往生方式，讓我們這些親人在傷心之外更感到愕然失措。

在護理站前面的會客簿簽下姓名後，我直接往少女告知的病房前進。心裡才剛準備著該如何開口時，就已經到達病房門前。我輕吐了一口氣，做好心理準備後輕敲一下房門：

「抱歉打擾了！」

沒人回應，再敲一次門也是一樣。無計可施之下只好稍微把門打開，看看裡面有沒有人。

我瞬間定格。

裡面是一間小巧而整潔明亮的個人病房，窗邊放著一張可調節躺臥角度的病床。一位身穿奶油色睡衣的長髮女子正閉著雙眼，躺在角度稍微抬起的床墊上。

一定是看書看到打瞌睡了吧，她的膝上放著一本沒闔起的書與一副粗框眼鏡。女子長長的睫毛底下，有一個高挺的鼻梁，薄唇微張，那給人柔和感覺的美貌令我印象深刻——她就是六年前出現在文現里亞古書堂門口的那名女子。除了臉頰稍微消瘦了一點之外，其餘幾乎沒什麼改變，現在看起來比以前更漂亮。

床的四周堆了好幾落的舊書，櫛比鱗次地排列著，看起來有如街區的縮影一般。如果說是用來打發住院生活的閒暇時間，帶來的量也多得超乎想像。不會遭院方責罵嗎？

突然間，女子睜開雙眼，邊揉著眼看向我說：

「……是小文嗎？」

她口中說出一個陌生的名字，輕柔、清澈的聲音又讓我吃了一驚。這是我第一次聽到她開口說話。

「妳有帶書來嗎……？」

或許因為沒有戴上眼鏡，女子似乎把我誤認成其他人了。再這麼沉默下去的話，可能會引發更多的誤會，所以我像是要清喉嚨般地硬咳了一聲：

「……妳好！」

我以對方能清楚聽見的音量打了招呼。她吃驚地肩頭一震，連忙想戴起放在膝上的眼鏡，忙亂之際，手臂碰到的書從床畔滑落下來。

呀啊，一道輕細的哀號傳了過來。

我的身體不經思考就擅自行動了。我朝病房內大步一躍，同時伸長了手，在書即將落地前順利接起。雖然書不是很大本，不過厚實得有些沉重。白底的封面被《再見了照片　8月2日山上的旅館》等的印刷字體給填滿。那本書看來年代久遠，封面的邊角都已經翹起又有點泛黑。

雖然我自認為這樣的反應還算不錯，但是，一抬起頭，對方竟已把毛毯拉到胸部附近，手還伸到護士呼叫鈴的按鈕上，圓睜的雙眼中浮現出明顯的驚怯之色。房間突然闖入一個陌生的彪形大漢，任誰都會感到吃驚害怕吧。我急忙拉開距離站好，說道：

「對不起，我是為了我外婆的書才來拜訪的。之前去了北鎌倉的書店，那裡的人叫我過來……妳剛才沒收到簡訊嗎？」

差點就要按下按鈕的手指停了下來，她轉身面向放在邊桌上的筆電，瞇起眼睛盯著畫面瞧——看著看著就滿臉通紅起來。

「……真……」

真？我傾頭表示不解後，對方像要把身體疊起來一般，深深地低下頭致歉。美麗秀髮的髮線朝向我。我還是第一次像這樣目不轉睛地盯著別人的髮漩直瞧。

「真……真是對不起……我妹妹給您添……添麻煩……了。」

女子結結巴巴地，以細不可聞的聲音說著，邊說耳根子也變得愈來愈紅。

「勞煩您特……特地親自造訪……我是店長篠川栞子。」

終於搞清楚情況了，剛才在文現里亞古書堂的少女是這個人的妹妹。那少女說會傳簡訊給店長，這麼說來店長已經換人了。

「以前的店長似乎另有其人，好像頭髮有一點斑白。」

「……那是家父……」

「妳父親？」

我彷彿鸚鵡學語般重複問道後，女子點頭示意：

「去年與世長辭了……我繼承父親的書店……」

「原來如此，還請節哀順變。」

我深深地低頭致意。去年我也失去了家人，因此對她增加了幾分親近感。

「感……感謝您的安慰……」

現場籠罩在一片沉默之中，她並沒有和我四目相對，只是看著我的喉頭附近。和我的想像不同，對方的個性似乎很內向又容易怯場。當然，還是一個美女，不過卻有些出乎意料，應該說，這種個性能夠接待客人嗎？雖然事不關己，卻不免替她擔心。

「幾年前妳有幫忙父親看店過嗎？」

我如此問道後，女子吃驚地稍微睜大了眼睛。

「因為就讀附近的高中，我高中時偶爾會經過貴書店的門口。」

「這……這樣……嗯，我偶爾幫忙過……」

女子的肩膀稍微放鬆了一下，對我似乎不再那麼警戒了。

「那個……」

女子怯生生地伸出手來，是要跟我握手嗎？帶著困惑，我放下紙袋，把滿是汗水的手往牛仔褲上擦了擦，結果她卻緩緩說道：

「……書，謝謝您……」

我完全會錯意了。這麼說來，我手上現在還拿著剛才在落地前伸手接住的《再見了照片》。

「很貴嗎？這本書。」

為了掩飾內心的尷尬，我交還書時開口問道。不過，她的頭往旁邊輕搖了一下，到底是傾頭還是點頭呢？感覺有點微妙。

「這本書雖然是初版……不過，狀況沒有很好……大約二十五萬圓左右。」

「二十……」

對方隨口回答的金額令我大吃一驚，這麼髒的書？我不由得定睛仔細觀察封面。不過，她並沒有打算再多加說明，只是隨意地把二十五萬圓的書往邊桌上一放，然後再次伸出手來。這次她又要做什麼？

「……您帶來的書，可以讓我看看嗎？」

她的目光落在裝著《漱石全集》的紙袋上。我愈來愈討厭麻煩別人這種奇怪事情的自己了。

我稍微舔濕了一下乾澀的嘴唇，說道：

「其實，我並不是要拿來賣的，因為在整理外婆的書時，意外發現這套全集裡有簽名……這似乎是很久以前在貴書店買的，所以想拿來請你們幫忙鑑定看看這套書的價值如何。這樣也能請你們幫忙嗎？」

如果對方稍微露出一點猶豫之色，我就打算直接拿回家。

然而，篠川栞子卻直視著我，看起來有如換了一個人似的。她那充滿堅定意志的眼神，讓我為之震懾。

「請讓我看一下。」

她以清楚明確的聲音如此回答。

「啊，這是岩波書店的新版書呢。」

把紙袋遞過去後，她望向紙袋內的雙眼閃閃發亮，就像正要打開生日禮物的小孩一樣。從最初的第一冊開始，一本一本地將書本從書盒中拿出翻閱。書背上印刷的書名《我是貓》、《少爺》等都是連我也知道的作品。

在翻閱書本的同時，她嘴角的笑意也愈來愈濃。有時候會點頭，有時候會瞇起眼睛，偶爾還會加入之前那個差勁的口哨。看起來不像是故意要吹的，這似乎只是她入迷時的一個習慣。

（……啊，就是這個。）

留在我記憶中的就是這個表情，看書看到渾然忘我的快樂神情。我目不轉睛地看著對方的臉，靜靜地拉了張圓椅坐在旁邊。

口哨聲突然停了下來，她膝上放著那本《第八冊 從此以後》，略帶凝重的眼神看向襯頁上的簽名——不過就只有短短一瞬。她啪啦啪啦地翻動書本，突然間，目光停駐在「全三十四冊・初版・藏書印 三五〇〇圓」的價格標籤上，似乎對價格標籤很感興趣。

篠川小姐將簽了名的那本書留在膝上，然後按照冊數依序繼續確認其他的書，最後再一次仔細翻閱《第八冊 從此以後》……

「果然。」

她低聲說著，並抬頭看向我。

「讓您久等了，很抱歉，我大概知道了。」

「結果如何呢？」

「很可惜，這個簽名是假的。」

她帶著惋惜的口氣如此說道。我並不覺得驚訝，因為原本就覺得那個簽名有點可疑。

「果然和真的簽名不一樣嗎？」

「嗯，最基本的年代就不同了，夏目漱石的卒年為大正五年，而這套新版的全集是在昭和三十一年才發行……這已經是夏目漱石去世四十年之後的事了。」

「四十年……」

這已經不是簽名真假的問題了，已過世的人，怎麼可能替四十年以後才出版的書簽名嘛！

「那麼，這並非什麼稀有的書囉。」

「是的……這套全集是以平價版的形式製作販售，已經再版了好幾次，舊書店裡流通的數量也很多。但是，註釋和解說都很充實，裝訂也很漂亮，雖然不是很稀有，不過卻是一套好書，我很喜歡喔。」

她就像在稱讚自己朋友一般述說著。表情和口氣與剛才那副羞怯畏縮的模樣判若兩人，現在的模樣與她更為相符，或許這才是她原本的個性吧。

「岩波書店是日本第一個出版《漱石全集》的出版社，創辦人岩波茂雄與漱石關係深厚，和漱石的弟子們也互有往來。他們互相合作，編輯出最初的全集，之後每隔幾年還會推出改訂的版本，即便是這套平價版也沒有偷工減料。最初公開漱石所有日記的就是這套全集，而各冊中的解說更是由漱石的弟子小宮豐隆為了這套全集而撰寫。」

她的說明毫無遲滯，聽著聽著整個人就被深深吸引。

「請問，《漱石全集》出版過很多次嗎？」

「除了岩波書店之外，很多出版社都曾出版過全集。如果連同未曾全部出版完的中斷版本一起計算，到現在為止，發行的版本超過三十種以上。」

「……還真厲害呢。」

我不由得如此低語。

「沒錯，因為夏目漱石可說是日本最受愛戴的作家吧。」

似乎贊同我的話一般，篠川栞子點了點頭。不過，我說的厲害並非指昔日的大文豪，而是口若懸河地替我說明的她。雖然她沒有領略我話中真意令我鬆了一口氣，不過卻也感到有些遺憾，就是如此複雜的心情。

我把目光移向和其他書分開的《第八冊 從此以後》，問道：

「那麼，這本書中的簽名只是一般的塗鴉囉！」

先前有如一拍即響般的即答，首次出現了空檔。

「……您這麼想也可以，只不過……」

篠川小姐雙眉緊蹙露出困惑的神情。到底是怎麼回事呢？我開口問道：

「有什麼奇怪的地方嗎？」

「不是什麼大不了的事，只是有些地方我不太明白……冒昧請問一下，您的外婆有在藏書上塗鴉的習慣嗎？」

「咦？不，怎麼可能。」

我搖頭否定，完全無法想像。

「外婆相當重視她的書……甚至連其他家人也不准碰。如果不小心碰到，她還會勃然大怒。」

碰外婆的書是禁忌，不只是我，家族裡所有人都知道這件事。就算是和外婆如同水火的媽媽也不敢亂碰。不過話說回來，我家並沒有其他人愛看書，所以應該也不會特意去碰才對。

「我也覺得應該會是如此……嗯，一定是這樣沒錯，如果是寫上自己的名字就另當別論了……」

篠川小姐再次從書盒中取出《第八冊 從此以後》翻開封面。我從椅子上探出身體，再次觀察簽著名的地方。

「夏目漱石

致田中嘉雄先生」

寫字的人下筆的力道很弱，一筆一畫都很纖細。仔細看會覺得字跡很女性化，看似是沒什麼個性、容易模仿的字，不過，這並非外婆的筆跡。

「應該是有人把這套全集賣給了文現里亞古書堂，然後再轉手賣給了外婆吧？」

我如此問道後，篠川小姐望著書的臉龐抬了起來。

「……是這樣沒錯。」

「那麼，會不會是之前書主的塗鴉呢？那個叫做『田中嘉雄』的人就是原來的持有者……」

「不是，那也不合理。」

她將夾在書中的價格標籤給我看——「全三十四冊・初版・藏書印 三五〇〇圓」。

「這個價格標籤是祖父剛開始經營文現里亞古書堂時所使用的，到現在已經有四十五、六年了。」

外婆買這套《漱石全集》好像也在這個時期。四十五、六年的話是西元幾年呢？腦中浮現不出任何數字，算了，西元幾年應該無所謂。

「這個價格標籤上並沒有標記『有字跡』。」

篠川小姐邊用手指指著標籤進行說明：

「舊書店收購書籍時，首先會確認書的狀態，就像我剛才一樣，在這麼明顯的地方有字跡，一般來說應該會發現，也會在價格標籤上寫下來。不然，之後的客人有可能會抱怨。」

「……喔！」

原來如此，連我也總算明白了。沒有將有「塗鴉」的訊息標記在價格標籤上，真的是很不合常理。

「所以，由此可以判斷，您外婆在本店購買這套全集時，並沒有這個假簽名。」

我雙手交疊在胸前，總覺得事情好像變詭異了。如果我和她所說的話都沒錯，那就表示在書上簽下這個假簽名的人並不存在。怎麼可能會有這種蠢事？

「啊……」

我靈光一閃，不由得發出聲響。

「怎麼了嗎？」

「……說不定，是我外公的傑作。」

「您的外公嗎？」

「因為已經去世好幾十年了，我不曾見過他，不過，他好像曾經不小心動到外婆的書櫃，而引發了不小的風波……」

聽媽媽說，外婆當時氣得差點把外公趕出家門呢。如果，外公不只是翻書，還在上面塗鴉的話──那麼，就不難理解為什麼外婆會動手打隨意碰書的我了，應該是過去的惡夢又再度浮現腦海了吧！「如果再做同樣的事，你就再也不是我們家的小孩了。」會說這一句話或許也是想起外公做的事了吧。

「我已經想不到還有誰可能會做這種事了，大家都不敢去碰書櫃……」

不過，篠川小姐靜靜地搖了搖頭說道：

「我覺得並非如此。」

「咦？」

「並不是您其他的家人，而是您的外婆自己所寫。」

篠川小姐斬釘截鐵地斷言。

「為什麼？」

我問道。為什麼可以說得如此確定呢？

「如果是其他人擅自塗鴉，您的外婆不可能就這樣置之不理。這本書上完全沒有企圖將字擦掉的痕跡……即使擦不掉，也可以重新再買一本第八冊。剛才我也說過了，這絕對不是一本很貴的書，不僅再版過好幾次，在販售新書的書店裡也持續販售很長一段時間。」

「可是……或許不是故意放著不管，也可能是因為外婆並沒有發現有人擅自塗鴉……」

講到一半我就閉嘴了，這才是絕不可能的事。五浦家的觀音菩薩絕非泛泛之輩，如果有人動了那房間的書，外婆絕對會立刻發現才對。

（……真的是外婆自己寫上去的嗎？）

如果真是如此，那麼就無法視之為單純的惡作劇了，一定是有什麼內情，讓外婆非得在上面塗鴉不可。我皺起眉毛，雙手交疊抱胸。

「另外，我還有些介意的地方，就是這個價格標籤……」

她的話說到一半就停了。我抬起頭來，篠川小姐像是受到驚嚇般將視線移向膝蓋。光滑柔順的黑色長髮，遮蓋住她美麗的臉龐。

「……嗯……不好意思……」

篠川小姐以相當微弱且靠不住的聲音道著歉。態度一瞬間又回到了收下《漱石全集》之前的羞怯模樣。她到底為什麼要道歉，我完全摸不著頭緒。

「咦？為什麼要道歉？」

我問道。

「……因為……給您添麻煩……」

「咦？對不起，可以請妳再說一遍嗎？」

因為聽不太清楚，所以我把身子探了過去，不過篠川小姐立刻就往窗邊縮了回去。我做了什麼嗎？正當我捫心自問、疑惑不已時，篠川小姐白皙的喉嚨震了一下，擠出了怪腔怪調的聲音：

「只……只是要確認這是不是真的簽名而已……我卻得意忘形地喋喋不休……」

我愈來愈搞不清楚狀況了。

「我以前就常被人說……只要一提到書的事情……嘴巴就會停不下來……」

就在此時，我也發現自己反射在窗戶上的模樣，一個沉甸甸地坐在圓椅上的彪形大漢，眉間刻畫著幾條皺紋，以刺人般的銳利目光瞪著自己。就算是我自己，也覺得那樣子真是煞氣十足，只要思考一些不習慣的事情，我的眼睛就會露出遺傳自外婆的凶光。

「占……占用了您寶貴的時間，真的是……」

她開口的同時，也順手將《第八冊 從此以後》收入紙袋，似乎是打算把話說到這裡為止。

「完全沒有添什麼麻煩！」

回過神時，我發現自己已經大聲喊了出來。篠川小姐嚇得身體一顫，差點把整個紙袋連書一起滑落，不過又急忙用手臂誇張地往內一抱，總算抱住了紙袋。篠川小姐安心地吐了一口氣之後，發現我正注視著她，立刻有些難為情地拿紙袋遮住臉。

「……請讓我繼續聽下去。拜託妳了。」

這次我特別小心地輕聲請託她。篠川小姐怯生生地從紙袋背後窺看我，和剛才那副滔滔不絕的模樣有如天壤之別，可說是判若兩人。

「小時候，我因為書而有一些不好的回憶，變得無法看書，不過，心裡一直都渴望能看書，所以能夠聽妳說這些事，我覺得很愉快。」

不知不覺中，這些話便脫口而出，這些無人理解、關於我奇特「體質」的事。篠川小姐睜大了眼睛，緊緊注視著我。正當我覺得她也不可能理解而打算放棄時，篠川小姐拿開了眼前的紙袋，水汪汪的黑色眼眸又恢復了燦爛光輝。就像打開開關一樣，態度有了一百八十度的大轉變。

「您變得無法看書是因為被外婆責罵的緣故嗎？」

她以清澈的聲音清楚問道，這次換我嚇了一跳。

「妳為什麼會知道呢？」

「因為您知道，如果不小心碰到，外婆會『勃然大怒』。不過您又說過，『大家都不敢去碰書櫃』，所以我猜這裡指的應該是您以外的大家……如果曾遭受到足以引發軒然大波的責罵，那麼，會變得無法閱讀一點都不奇怪……」

我啞口無言。她竟然如此輕而易舉就說中了，她果然是個一提到書，思緒就會非常清晰、敏捷的人。

我將雙手放在膝上，挺直腰桿，繼續聽她說下去。

「我非常喜歡舊書……覺得這些輾轉流轉在人與人之間的書本身也有故事存在……而不只是寫在書裡的故事而已。」

她話說到這裡後停了下來，與我四目相接，像是如今才發現我這個人的存在一樣。

「……可以請教您的大名嗎？」

「我叫五浦大輔。」

「五浦先生，其實我還有些覺得在意的地方。」

當她以姓氏稱呼我時，我的背脊突然竄起一陣麻意，感覺彼此間的距離似乎突然拉近了。她再次拿出「全三十四冊．初版．藏書印 三五〇〇圓」的價格標籤給我看。

「就是這個價格標籤的內容，這裡寫著『藏書印』對吧？」

「咦……啊，是的！」

「請看這個。」

篠川小姐從床上堆著的《漱石全集》小山中，拿出其中一本，把書從書盒中取出。那是《第

十二冊 心》，翻開封面後，襯頁上並沒有簽名。不過，倒是印著繡球花模樣的印章。

「這就是藏書印，就像是書的擁有者在自己的收藏品印上的印鑑。中國和日本很久以前就流行製作這樣的印鑑，隨著書主的喜好品味，設計也各有不同。這和用來確認身分的印章一樣，一般都只有文字而已，不過，也有像這樣以圖案為主的設計，使用這個藏書印的人，或許喜歡繡球花吧！」

「喔……」

我根本不知道有這種東西，實在是深感佩服，這時我的腦中突然浮現了一個疑問：

「咦？這本書也有印上這個藏書印嗎？」

我看著放在她膝上的《第八冊 從此以後》問道，如果有印上這麼顯眼的藏書印，一定會發現才對。

「沒有，這就是奇怪的地方，沒有這個藏書印的只有這本《從此以後》，其他的所有書都有印上。」

「……這樣不是很奇怪嗎？」

「非常奇怪呢。」

我喃喃自語著。三十四冊之中，有藏書印的書沒有簽名，有簽名的書則沒有藏書印，感覺謎團好像愈來愈複雜了。

「……您曾聽說過您的外婆是在怎樣的情況下，到我們店裡購買這套全集的嗎？」

「沒有……我只知道，外婆在結婚前經常買書……阿姨他們和我媽大概也都不知道吧，因為沒有人對這些舊書有興趣。」

「……這樣啊。」

說完這一句話後，她將拳頭放在嘴上，繼續說道：

「這麼說來，最有可能的就是這本第八冊……」

篠川小姐突然沉默下來。我急忙看向窗戶的玻璃，這次倒影並沒有瞪著別人，沉默下來的原因似乎並不是因為我的眼神。

「這本第八冊有什麼奇怪嗎？」

我焦急地催促她繼續往下說，不過，篠川小姐看起來似乎也很猶豫要不要繼續。過了不久，她將食指豎了起來放到嘴唇上。

「……可以為我接下來要說的事保密嗎？」

「咦？」

「因為這涉及到您外婆的隱私。」

「……我知道了。」

我稍微遲疑了半晌後點頭同意。如果外婆還在世的話就另當別論，但如今已過了第一年的忌日，應該會允許自己的孫子偷偷聽一下吧。總之，我現在非常想要知道後續。

「關鍵就在於五浦先生您將這套書拿到了我們店裡，我想這就是答案。」

「這是怎麼回事？」

「如果沒有這個簽名和價格標籤，誰也不會知道這套書是在舊書店買的。所以，我想這或許是五浦先生您的外婆故意想讓家人如此認為吧。」

「咦？」

我訝異地瞪大了雙眼，完全不能理解她到底在說些什麼。

「什麼要讓我們如此認為？這套書原本不就是外婆在文現里亞古書堂買了之後再加上簽名的，不是嗎？」

「直到剛才我也是這麼認為，不過，我覺得事情有些複雜。」

她打開《第八冊 從此以後》，摸了一下襯頁上的簽名。

「這是贈與簽名的格式，普通像這樣的情況……」

篠川小姐說到此處，發現我一頭霧水地歪著頭。

「我說的贈與，是贈送的贈和給與的與。這種除了簽上作者的名字外，還會寫上受贈者名字的簽名，就稱為贈與簽名。」

贈與簽名。原來是這樣啊！又多學到一件事了。我點頭示意她繼續說下去。

「贈與簽名的簽名方式並沒有固定，把受贈者的名字簽在中央，左邊才簽上贈與者……也就是作者自己的名字，這是普遍的簽法。不過，這本書卻相反。」

與寫信的方式相同吧。的確，這本書上「夏目漱石」的名字是簽在中央，左邊才簽上「致田中嘉雄先生」。

「會不會只是因為外婆不曉得贈與簽名的規矩呢？」

「或許如此……不過，還有更奇怪的事，那就是為何五浦先生您的外婆，會以贈與簽名的方式來簽名呢？如果只是想要假裝成名人的簽名書，只要簽上漱石的名字不就好了？應該不需要另一個名字才對。」

我看到這本書的時候，也一直對田中嘉雄這個名字耿耿於懷——這個人到底是誰？

「……我認為剛好相反。」

一道平穩的聲音傳來，篠川小姐的黑色雙眸閃耀著興奮的光芒。我則繼續被她的話吸引住，連人帶椅往床邊靠近。

「……相反？」

「如果這個簽名的字跡全都是一個人寫的話，整體的平衡感就顯得有點奇怪。原先簽在第八冊上的名字並非夏目漱石，而是田中嘉雄先生。之後，您的外婆才又在旁邊寫下夏目漱石的名字……這樣推測起來就比較合理了。」

「咦？可是……這個叫田中的人明明不是作家，為什麼會在書上簽名呢？」

「我想他原本應該沒有打算要假裝成作家。」

她雙頰泛紅地回答：

「這應該是一份禮物吧！如果贈與者寫上自己名字的話，就沒有什麼好奇怪的了。」

「啊……」

也就是說，這套書是田中嘉雄這個人送給外婆的禮物。

我突然想起外婆離開人世前講的話——書蟲會喜歡同類。外公並不是喜歡看書的人，所以，若外婆結婚前曾和「同類」的男生感情要好，也不稀奇。

漸漸陷入沉思的我，猛然恍然大悟地回過神來。但是這麼一來，事情就說不通了。

「不過，這套全集是我外婆在文現里亞古書堂買的吧，並非田中這個人送的不是嗎？」

「沒錯。田中先生送的禮物恐怕就只有這一本。而您的外婆在收到這本有簽名的《第八冊從此以後》之後，才在我們店裡買下整套的三十四冊。重複的第八冊，大概拿去處理掉了吧。只有這本書沒有藏書印；同時，價格標籤上也沒有寫上有簽名這件事，也就可以獲得解釋了。」

「為……為什麼要做這麼拐彎抹角的事呢？」

「為了不想要讓這本第八冊被其他家人看到……就算是被看到，也不會被認為是禮物的一種偽裝。如果只有將《漱石全集》的第八冊放在書櫃上，或許會太過顯眼惹人注意，所以才在我們店裡買了三十四冊的套書……而故意將價格標籤夾在第八冊中，也是為了留下這是購自舊書店的『偽證』吧。」

「那麼，簽名又是為了什麼？」

「我覺得加上漱石的名字，是為了保險起見。並不是為了讓家人認為這是真的簽名……反倒是誤導大家認為『這不過是前書主所寫，沒什麼大不了的塗鴉而已』吧。」

我回想起剛看到這個簽名時的情況。一開始我就心存懷疑，覺得這簽名或許是造假，不過除了是惡作劇之外，並沒有聯想到其他的可能。可說是徹底被外婆的偽裝所欺瞞了呢。

「……非得偽裝到這種地步才行嗎？」

我低喃自語。沒想到看起來天不怕地不怕的外婆，竟然會有必須隱藏到這種程度的事情。

「已經是過去的事情……應該有什麼理由吧。」

篠川小姐措辭很謹慎。關於那個「理由」我心裡也有數。外婆結婚前，外曾祖父母都還健在。當時和現在不同，必須瞞著父母才能和異性交往的情況比比皆是——最後，外婆嫁給相親認識的外公，而與這個叫田中嘉雄的人不了了之。

我回想起那次在這家醫院裡和外婆說話時的事。在外婆為了打我的事道了歉之後，突然話鋒一轉談起我的結婚對象。也許是因為提到與《從此以後》這本書相關的事，才會聯想到結婚吧。這麼說來，「我死了之後，我的書就隨你們處置。」這句話或許也隱含了什麼意義。或許就是指讓我們看到這個簽名也無所謂了。

對外婆來說，這些話題應該都互有關聯吧！

「那為什麼要放在書櫃上呢？把書藏起來不就好了？」

唯獨這點我無法理解，如果藏在抽屜裡的話，應該就沒必要去設計這些掩人耳目的花招了。

「或許您的外婆覺得，與其把書藏起來，還不如和其他書放在一起會更安全。而且……」

篠川小姐的手充滿憐惜地輕撫著《第八冊　從此以後》，不知為何，這讓我想起了外婆曾打過我的手。

「……想要把自己心愛的書，放在隨時都拿得到的地方，或許也帶著這種心情吧。」

低著頭的她，目光似乎投向比膝上的書還遠的地方。這麼說來，這個人也是個「書蟲」呢，若有男友的話，應該也和她是同類。一瞬間我真的想要如此開口問她。

「……到此為止的推論，無法得知到底哪些才是真的。」

篠川小姐突然抬起頭來說道：

「因為這已經是很久以前的事，也無法向您的外婆求證……而由這些書中推論得出的訊息拼湊之後，能夠獲知的結論就僅是如此而已。」

她的嘴角揚起淡淡的微笑。我有一種如夢初醒的感覺，的確，外婆早已離開人世，現在已無法得知哪些事情哪個部分才是事實。

此時，篠川小姐突然朝手腕瞄了一眼，似乎在確認手錶上的時間。或許等一下有診察吧。

「這套全集您打算如何處理呢？如果願意的話，我們可以收購下來喔……」

「不，我想帶回去。真的相當感謝！」

我從椅子上站了起來，雖然不是什麼價值連城的物品，但是這套全集中充滿了外婆的過去。我根本不想把它轉手給他人。

「……妳說的內容非常有趣。真的！」

我和坐在床上的篠川小姐四目相望。就這麼直接告辭也未免太蠢了，正當我極力思索著是否該說些下次還請再多告訴我一些等等的話來為下次見面埋下伏筆時，她將裝著《漱石全集》的紙袋拿到我的眼前。

「……謝謝！」

當我收下紙袋時，她的嘴唇動了一下：

「……五浦大輔先生。」

「嗯……是。」

突然叫我全名，讓我有點詫異。

「莫非，您的名字是您外婆取的嗎？」

「咦……是啊，為什麼妳會知道？」

除了親戚以外，這件事應該沒人知道才對，當然我也不覺得有人想知道。當我回答後，篠川小姐的表情露出些許陰霾。

「……您的外婆大約是什麼時候結婚的呢？」

現在又是怎麼回事？莫非剛才的話題還沒結束嗎？疑惑的我試圖在記憶中尋找答案。詳細時間雖不太清楚，但最近似乎有聽人談論過這件事。突然間，我看了一下紙袋裡面。

「啊，對了，聽說是這本書發售的隔年。」

我打開紙袋，指著放在最上方的《第八冊 從此以後》。

一瞬間，篠川小姐的臉似乎僵住了。不過這或許只是我一時眼花吧！

「讓您聽我說些奇怪的事情，真的非常抱歉。」

篠川小姐坐在床上，拘謹地低下頭道歉。

我回到家向媽媽報告結果之後，她臉色為之一變。

當然，關於外婆過去的事我一句都沒提，只有告知她簽名是假的而已，不過，她倒不是為此而發怒。

「我什麼時候說要拿去舊書店了？竟然還厚臉皮地跑到醫院，請人家免費幫忙鑑定，這未免也太麻煩人家了，簡直比吃霸王餐還要惡劣！」

竟然可以冒出吃霸王餐這種說法，真不愧是餐館之女。不過對身為餐館之孫的我，這樣的比喻還真是命中要害啊。媽媽命令我明天找個時間帶點心過去賠罪，我自然乖乖聽命行事。雖然是順勢而為的結果，但畢竟給人添了麻煩是事實，況且，這也是再次去見篠川小姐的好藉口。

隔天是平常日。

我和昨天一樣直到中午才起床，媽媽老早就已經出門上班。我走下樓梯朝信箱裡張望，發現應徵的公司寄了通知書來。打開一看，裡面出現了履歷表和無情的未錄取通知。我嘆著氣，將通知丟進垃圾桶，拉開餐館的拉門往外面走去。

外頭依然是快要把腦袋烤焦的酷熱天氣。帶著濕氣的熱風從海邊吹了過來，飄散著淡淡的海水鹹味。雖然真的很不舒服，不過這便是我從小就已習慣的鎌倉夏日。

在車站前的麥當勞填飽肚子後，我在車站大樓繞啊繞地四處尋找「美味的東西」，但就是無法決定該買什麼才好，雖然不知道篠川小姐的喜好也是原因之一，不過，更大的原因是無法專注於眼前的任務，我滿心掛念著昨天離開病房前的那些對話。

是外婆為我命的名，或是外婆在什麼時候結婚——這些問題似乎沒有什麼特別的意義，不過，毫無疑問地，篠川小姐因我的回答而有所動搖。

昨天晚上，我詢問媽媽當初選擇「大輔」這個名字的經過。

「你出生的時候，那個人就硬要取這個名字啊。」

媽媽看似無奈地說，好像對這件二十年前的往事心裡還有疙瘩。但她把外婆稱為「那個人」，實在有點過分，令我無法認同。

「那個人說，從以前就有一個非取不可的名字，我也一時心軟沒有阻止……當初如果沒取『大輔』這個名字就好了，感覺就像以前的暴走族，不是嗎？」

我又不是以前的暴走族，硬要我贊同也很令人傷腦筋。而且暴走族大都取什麼名字我也不可能知道啊。

「好像是那個人最喜歡的小說中出現過的人名，雖然漢字不同，不過讀音一樣喔，到底是哪一本小說，我倒是忘了。」

哪一本小說我倒是知道，我一回家之後便翻了《第八冊 從此以後》，書中疑似主角的男子，名字就叫「代助」（註4），外婆一定是根據這個名字來替我命名的吧。這件事篠川小姐也發現了。

雖然一打開書就讓我直冒冷汗，不過，我還是忍耐著稍微看了一下最開頭的部分。就我看到的有限內容中，只有寫著主角與寄住的書生邊吃早餐，邊聊天而已。得知代助是一個無所事事的男子時，讓我油然而生一股親切感。代助看來不像是會主動積極的類型，不知道之後會有什麼樣的發展？如果我沒有這種「體質」，就可以讀到最後了。

話說回來，外婆又為什麼要替我取這個名字呢？這實在令我一頭霧水。總不可能是期望我變成在大白天就無所事事的人吧？

我邊思考著邊在商店街隨意閒晃，最後在一家點心店前停下腳步。這是一家相當知名的點心店，招牌產品是夾著葡萄乾與奶油的葡萄乾夾心餅乾。帶這裡的點心去探病應該還不錯吧！而且再繼續逛下去，實在會熱得受不了。

正當我打算走進店裡時，發現店內有一個很眼熟的嬌小女性。黝黑的皮膚與微胖的體型，再加上一雙圓滾滾的大眼。雖然每次看到她都會讓我聯想起小熊，不過她的年紀比我媽媽大。看來她似乎是剛買完東西，手上提著裝了禮盒的塑膠袋。

「哎啊！大輔，你也會來這種店裡買點心喔？」

是住在藤澤的舞子阿姨。

舞子阿姨是五浦家的長女，在我們親戚間可說是一生最為順遂的人生贏家。

阿姨從小的成績就很優秀，從橫濱的教會女子大學畢業後，立刻嫁給電力公司的員工，旋即接連生下兩個女兒。他們一家四口在大船附近的藤澤市鵠沼蓋了一間大得出奇的房子，過著輕鬆

註4：與大輔的日文發音皆為 TAISUKE。

愜意的優渥生活。雖然個性熱心也樂於助人，不過和她說話總讓人有點無法喘息。

阿姨的五官和外婆、媽媽都不太像，倒是和神桌上供奉的外公照片很像，有如一個模子刻出來的。

「我家的美奈，上上個月不是離職了嗎？接著不是到處旅行就是去找朋友吃飯，好不容易不久前又開始工作，不過，工作地點卻在川崎車站旁邊。跟她說一個年輕女生不要到川崎工作，可是那孩子卻完全聽不進去。」

阿姨把我帶到車站大樓內的全國連鎖咖啡廳，店內全都是和阿姨同年代的女性客人，男客人就只有我一個，實在令人渾身不自在。

「……也不是什麼危險的地方啊。」

話題中的人物是我表姊，我們最後一次見面是在之前外婆的一週年忌。

「可是，川崎以前是男人玩樂的地方啊，你表姊又常加班，實在很令人擔心哪。」

阿姨好像把川崎認定成風化區，以前或許是如此，不過現在車站附近已經都成了普通的購物中心，正打算回話時，阿姨突然話鋒一轉：

「話說回來，惠理最近怎麼樣？工作還忙嗎？」

惠理是媽媽的名字。印象中似乎常聽她抱怨最近常加班。

「……大概吧！」

「你最近怎麼樣？找到工作了嗎？」

「……不，還沒。」

「打算找什麼樣的工作？有好好在找工作吧？」

談話不知不覺間變成說教。長大之後我也稍微摸清這個阿姨的個性，只要她滔滔不絕地講自己家裡的事，就是要詢問對方狀況的伏筆。已經面試了幾間公司，現在有去HELLOWORK（註5），當我支支吾吾地這麼回答時……

「現在這麼不景氣，一定要仔細思考自己的性向，不然是找不到工作的，看你這麼有體力，去考一下自衛隊或警察怎麼樣？」

雖然說法稍微婉轉了一點，不過，意思和媽媽差不多。真不愧是姊妹啊！我在這種奇特的小地方感到佩服。

「你姨丈也很擔心，如果一直都沒辦法順利找到工作的話，隨時都可以找我們商量喔！」

這倒是引起我的興趣，姨丈是鵠沼大地主的二少爺，在藤澤一帶人面似乎也相當廣。雖然去年已經退休，不過聽說打算參選市議員。或許他有打算介紹我到什麼地方工作也說不定。

註5：日本的職業介紹所。

「啊，好的。」

「總不能老是渾渾噩噩的，不然，你外婆在天國也會替你擔心喔。你可是她老人家最疼愛的外孫，就算把你塞進眼中也不覺得疼呢！」

我差點把冰咖啡噴了出來。

「不，怎麼可能，不會吧？」

外婆的那雙鳳眼連沙子都放不進去吧！她可不是家人犯了錯後，還能原諒、疼愛的那種人。

「跟惠理說的話一模一樣呢，你們兩個竟然都沒有察覺。」

阿姨一臉遺憾地嘆了口氣：

「我啊，看著你外婆的時間比大家都還要長，所以很清楚。你外婆最疼愛的就是你和惠理了……她每次來我家都是在談論你們的事，就連最後的旅行也只帶你和惠理去不是嗎？一開始我和你姨丈明明說要陪她一起去，不過被你外婆拒絕了。」

這件事我倒是第一次聽到，但和要上班的媽媽與忙著找工作的我相比，已經退休的姨丈和家庭主婦的舞子阿姨，時間上的確比較自由。

說到這裡，我印象中倒真的不曾看過外婆和舞子阿姨爭吵的畫面。我一直以為阿姨和媽媽不同，可以與外婆相處融洽，不過，這也可以說是彼此間略有距離感吧。

「可是，為什麼是我們……」

我和媽媽不管外表或內在都不可愛，看不出來有什麼長處可以讓外婆喜愛。

「……可能是個子高的關係吧！」

「什麼？」

我不經大腦地脫口回問，阿姨露出認真的表情說道：

「我不是在開玩笑喔！你外公雖然也很高，不過我們家都遺傳到小個子，只有惠理和你例外。我想你外婆應該是喜歡體格好的人……你想想看，一進到你外婆的房間，不是有這個嗎？」

阿姨用手指框出了一個細長的四角形，隔了一會兒，我才發現阿姨指的是什麼，是那塊釘在門楣上的橡膠板。

「那個啊，是我小時候你外婆釘上去的，我們家明明沒有人身高會碰得到，但你外婆卻說『之後出生的小孩如果長大，頭去碰到，不是很可憐嗎？』……這是在懷惠理之前的事，所以大概也過了四十五、六年了吧。」

我倒吸了一口氣。數字在我的腦中不斷縈繞，此時，外婆的聲音突然迴盪在我腦海中——「如果再做同樣的事，你就再也不是我們家的小孩了」。

原來是這樣嗎？我心中不斷低喃。為了掩飾內心的激動，我喝了一口冰咖啡。雖然嘴裡乾澀不已，但手心卻是濕答答地滿是汗水。

「……大輔你有撞到過那裡嗎？」

我默默地點頭。

「那麼也算是值得了，你外婆一定很高興呢。」

阿姨的話語像是從遙遠的地方傳來。我終於了解為什麼篠川小姐會感到驚愕了——不，還不能斷定這就是事實。我抬起頭來說道：

「這麼說來，我有個問題很久之前就想問了。」

我強裝鎮定地開口問道。這並不是之前就好奇的事，而是如今才想到的問題：

「外公是怎樣的人呢？」

阿姨正準備舉起杯子的手突然停了下來。沉默的氣氛持續著，四周的客人聲音突然變得非常清楚。隔壁桌和阿姨同世代的兩個婦人正嘰哩呱啦地高聲談論著，最近嘗試的健康食品中，還是黑醋效果最佳。

「你外婆有講過你外公的事嗎？」

被這麼反問後，我才發現以前根本沒有聽外婆講過任何外公的事。

「……沒有。」

「那麼，應該也沒有聽過你外公過世時的事囉？」

「我媽有稍微講過……好像是盛夏時前往川崎大師寺參拜，結果遇到車禍。」

阿姨卻突然輕哼了一聲，露出苦笑，那帶著嘲諷的笑容嚇了我一跳。平常給人感覺和善的阿姨，竟會有這樣的表情令我相當意外。

「因為惠理那時還小，所以就這樣當真了呢。」

阿姨像是自言自語般低聲說道：

「明明鎌倉的神社寺廟多不勝數，何必特別跑去川崎參拜，聽了不會覺得奇怪嗎？而且還是在那樣的大熱天……川崎大師寺不過是你外公隨便找的藉口而已。」

「……藉口？」

「去賭馬和賭賽車啦，說到川崎不就是這些事情？你外公是個嗜酒如命的人，就連遇到車禍的那一天也喝到爛醉如泥呢。」

我啞口無言，從來都不曾想過外公會是這樣的人。

「你外公是入贅的女婿，剛結婚時還很認真地工作，可是，打從我出生後，你外曾祖父過世那時開始，你外公的行徑就漸漸愈變愈奇怪，常常一去『川崎大師寺』就好幾天沒回家。」

我終於了解阿姨為何會討厭川崎了，怎麼可能會喜歡老爸常去賭博的地方嘛！她到現在也依然不想接近吧。

「我一直很納悶為什麼你外婆都不離婚……可能是有什麼苦衷才一直忍耐吧，不過那時只要一動到她的書櫃就另當別論了，當時真是令人害怕。」

我硬生生把已經到了喉嚨的話又吞了回去，不過震驚的心情則尚未平復。

「大輔你可千萬不能像你外公一樣喔！得好好工作才行。」

阿姨突然又再度回到說教的口氣，告訴我這些連媽媽也不知道的事，似乎是打算讓我當作前車之鑑吧。最後的這句話就像信號一樣，阿姨移動椅子站了起來，好像打算回去了。

「……阿姨，妳有讀過夏目漱石的《從此以後》嗎？」

阿姨手上提著印有點心店商標的袋子，露出訝異的眼神抬頭望著我，雙眼眨個不停。

「怎麼突然這麼問？」

「那好像是外婆相當珍惜的書，我現在在看。」

我邊說著邊觀察阿姨的反應。她雖然有些困惑，但並未流露出驚訝的表情，似乎對隱藏在那本書中的祕密毫不知情。如果連身為長女的舞子阿姨都不知道，那麼家族中發現這個祕密的人恐怕就只有我而已吧。

「我是沒有看過書，但是有看過電影，就是松田優作主演的那部。」

我微傾著頭，我連這本書有翻拍成電影都還是初次聽到。

「那麼，到底在講什麼故事？我只知道主角沒有在工作而已。」

「我想想，好像是……」

阿姨垂下目光像是在回想一般，不過印象似乎不深刻。

「好像是男主角搶了別人的老婆喔。」

我到達病房時，已經是西曬開始變強的時刻了。

篠川小姐和昨天一樣坐在床上看書。嘴唇微噘，似乎正想要吹起口哨。一看到我進入病房，整張臉就漲得通紅，脖子也跟著縮了起來：

「您……您好……」

她開口問好，和昨天解開《漱石全集》謎團時的態度截然不同。只要沒有談到書的事，似乎就會立刻恢復成內向羞怯的個性。

「妳好，現在方便嗎？」

「啊，方便……這邊請……」

篠川小姐怯生生地請我坐下。一走近床邊後，放在膝上的書就映入我的眼簾。今天看的是文庫本，正當我猜想到底是什麼書的時候，她略顯害羞地把書翻到封面讓我看。卡文·安娜（Anna Kavan）的《茱麗亞與火箭砲（Julia and the Bazooka）》，好奇怪的書名，內容也令人無從想像。

我再次對前一天的事致歉，然後拿出買來的葡萄乾夾心餅乾。她連忙慌張地不斷搖頭：

「不用客氣……還這樣特意……讓您聽那些無聊的話，我才該道歉……」

她說到無聊這句話時，力道十足。這樣的禮物我不能收下，她就這樣不斷拒絕，不過，我還是半強迫地把葡萄乾夾心餅乾禮盒交到她手上。她低頭看了看禮盒，似乎相當傷腦筋。

正當我開始擔心起自己該不會太強人所難的時候……

「我……我正好想要吃小點心。」

篠川小姐支支吾吾地說：

「如……如果方便的話……要不要一起吃呢？」

我當然沒有理由拒絕。她打開禮盒，從分裝成一小包一小包的餅乾中拿了一個給我，我們同時打開包裝的塑膠紙。

葡萄乾夾心餅乾遠比我想像來得美味。奶油的香氣與微酸的葡萄乾融合為一，酥酥脆脆的餅乾口感也很不錯。

「我偶爾也會買來吃……即使隔天再吃也很濃郁美味。」

篠川小姐綻露笑靨說著。雖然事先完全不知情，不過，選這個餅乾似乎是選對了。

我兩口就把餅乾吃完了，但她還慢慢地從一側開始仔細品嚐。自從說完一起吃之後，篠川小姐幾乎就沒有再開口了，當然也沒有提到《漱石全集》的事。

她單從我口中聽到的事和出現在書上的訊息，就能完全解開外婆隱藏了好幾十年的祕密，而且還顧慮到我，避免讓我察覺那過於沉重的真相。剛才會說出「讓您聽那些無聊的話」應該就是為此所說的吧。

當然，已經為時已晚。

那一本《第八冊　從此以後》出版時間是昭和三十一年七月二十七日，也就是西元一九五六年——已經距今五十四年前的事。原本聽說外婆結婚的時間是隔年時，還以為田中嘉雄贈書的時間也在那時候。

然而仔細一想，田中嘉雄未必是在書剛出版時就贈送給外婆了，倒不如說，是把一直都很珍視的書贈送給她還比較合理。

外婆在文現里亞古書堂買下其他冊的時間約是在四十五、六年前，此時已是結婚後十年左右，如果田中嘉雄贈書給外婆的時間點是此時，就表示兩人是在外婆婚後才開始交往。漱石所寫的《從此以後》內容描寫的似乎也是奪人之妻的故事，而外公外婆的婚姻生活也並不圓滿。

外婆以書中主角相同發音的名字「大輔」來為我命名，這是從很久之前就一直保留著的名字——這麼說來，「大輔」原本就不是為我而取的名字，而是只要媽媽生下的男孩就打算取這個名字吧。而媽媽是外婆在文現里亞古書堂買了《漱石全集》之後才出生的。

舞子阿姨說，因為外婆喜歡高的人，所以很喜愛媽媽和我。不過，這可能只有一半是事實。在五浦家中身材高䠷的就只有媽媽和我，其他人都是小個子。我們兩人和外公長得也不像。

外婆只是透過媽媽和我，來懷念她記憶中那祕密戀人的風采吧？

在二樓的和室門楣上釘上橡膠板，這是身材矮小的人不會顧慮到的事——如果不曾看過有人撞到頭的話。

或許釘上的真正理由並非為了成長的孩子，而是為了不讓某人受傷，那個其他家人都不知情的，像我一樣高大的某人。

我真正的外公是田中嘉雄──或許這才是外婆拚了命地想要隱藏的事實。而「再也不是我們家的小孩了」這句話，或許就正如字面上所解讀的意思吧！

不過，這些全都只是揣測。如今外婆已然過世，真相也無從確認。這是指若將唯一的一個可能性也去除的話。

「……妳覺得，田中嘉雄還活著嗎？」

我如此問道，這時正打算把最後一口餅乾放入口中的篠川小姐突然停下動作。

「或許還活著吧……說不定……」

就連我也知道這時垂下雙眼的她心中在想什麼。如果田中嘉雄能夠經常與忙著餐館工作的外婆幽會的話，住在附近的可能性就很高。

說不定，或許他現在還住在附近。

西曬陽光照射下的病房籠罩著沉默。這無法說出口的事實，唯有如今身在此處的兩個人知道，但明明我們兩人幾乎還不太認識，為什麼會變成這種共享祕密的關係呢？

「那個……五浦先生。」

篠川小姐的聲音忽然清晰地傳進耳裡。

「您現在從事什麼樣的工作？」

突然間我被拉回現實，因為想不出比較婉轉的說法，所以我只能照實回答：

「……無業遊民。」

「打工呢？」

「……目前沒有。」

無法確定何時會收到面試通知，因此也不適合找穩定的打工。說出口後令我感覺更加可悲

——但是不知為何，篠川小姐的臉上卻面露欣喜。是怎麼回事，我沒有工作值得這麼高興嗎？

「我……因為骨折，還要一點時間才能出院……之前就是因為人手不足才會骨折。」

「……喔！」

我敷衍地回應著，聽不太出來她想表達些什麼。

「所以，如果方便的話，您願意在我們店裡工作嗎？」

我驚訝地瞪大雙眼，篠川小姐則深深地向我點頭示意：

「無論如何還請協助，現在雖然有我妹妹幫忙，不過她很靠不住。」

「等……等一下，我對書的事情完全不懂。」

而且，我應該也跟她說過那個「體質」了吧。從來沒聽說過有哪家書店的店員無法看書。

「……您有汽車駕照嗎？」

「有是有。」

「太好了，這樣就沒問題了。」

她用力地點頭。

「……比起閱讀書本，會開車還比較重要嗎？」

「在舊書店做事的人，除了要具備書的知識外，更重要的是了解書的市場價值。雖然能博覽群書再好不過，不過即使不看書也可以學習到書的市場價值。實際上，下了班後就不碰書的舊書店店員也不在少數。像我這樣什麼書都看的人或許還比較奇怪呢……」

我訝然地張大嘴，口水都快滴了出來，我對舊書店的印象一瞬間完全崩毀。感覺上好像問了一個不該問的問題。

「總而言之，因為我們需要大量運送沉重的書本，所以駕照是絕對必要的。這陣子，關於收購書籍的鑑定和書本的鑑價就由我來，五浦先生您就只要按照指示工作就行了……」

感覺好像陷入了無法推脫的狀況，這時，我突然回過神來。

「可……可是，沒有更適合的人選嗎？」

「五浦先生您不是說過，不討厭聽書的故事嗎？」

「咦？是……是沒錯。」

「我只要一講到書，好像就會滔滔不絕地講個不停……之前也有打工的店員受不了而辭職，很少有人有耐性地聽我說個不停。」

因為可以負責當聽眾所以打算順便僱用我嗎？篠川小姐帶著懇求般的眼神，望著啞然的我。那水汪汪的雙眸令我昏頭轉向，這樣的表情太犯規了吧！

「總之，舊書店有很多需要勞力的粗重工作，要記的事情也很多。像我們這種小店，薪水其實也無法給太多……」

雖然覺得這些都是不仔細確認不行的內容，不過我卻沒有答腔。被書堆成的小山包圍著的她把身體伸長過來，幾乎快從床上跌落了。

「對這樣的工作，您沒有意願是嗎？」

突然間，我憶起了外婆在這家醫院裡對我說的話。

（如果你到現在還持續看書，人生應該會大不相同吧！）

此刻身在此處的這個人，真的就是持續不斷看著書的人。雖然，我對現在的自己並沒有什麼不滿，但在內心深處，應該也存在著希望能像這樣沉浸在書堆中的想法吧。

除此之外還有一件事——我想尋找田中嘉雄。他應該也是像外婆或是篠川小姐一樣的「書蟲」，假設他住在這個城鎮的某處，或許有一天他會出現在文現里亞古書堂中。

「我知道了。」

下定決心後，我點頭答應：

「不過，有一個條件。」

她的表情嚴肅起來。

「……什麼條件呢？」

「妳可以講夏目漱石《從此以後》的故事給我聽嗎？我想要盡可能地了解這本書到底在講些什麼。」

流轉於人們手中的舊書，除了書中的故事之外，書籍本身也擁有自己的故事。

我已經知道外婆手中的《第八冊 從此以後》所擁有的故事，因此也燃起對書中故事的興趣——但我卻無法把書看到最後。

「當然可以啊。」

篠川小姐帶著滿面笑靨用力點頭，那笑容令我無法轉開目光。她的雙眼望向天空，似乎陷入回想之中。過了半晌，一道溫柔的聲音從形狀姣好的雙唇中緩緩傳來：

「《從此以後》是明治四十二年在《昭日新聞》上連載的長篇小說，這部作品和《三四郎》、《門》合起來成為三部曲……」

從這種地方開始說起喔！看來這會是一段很長的故事。為了不漏聽任何一句話，我安靜地移動圓椅往床邊靠了過去，不發出任何聲響。

第二話

小山清

《拾穗・聖安徒生》（新潮文庫）

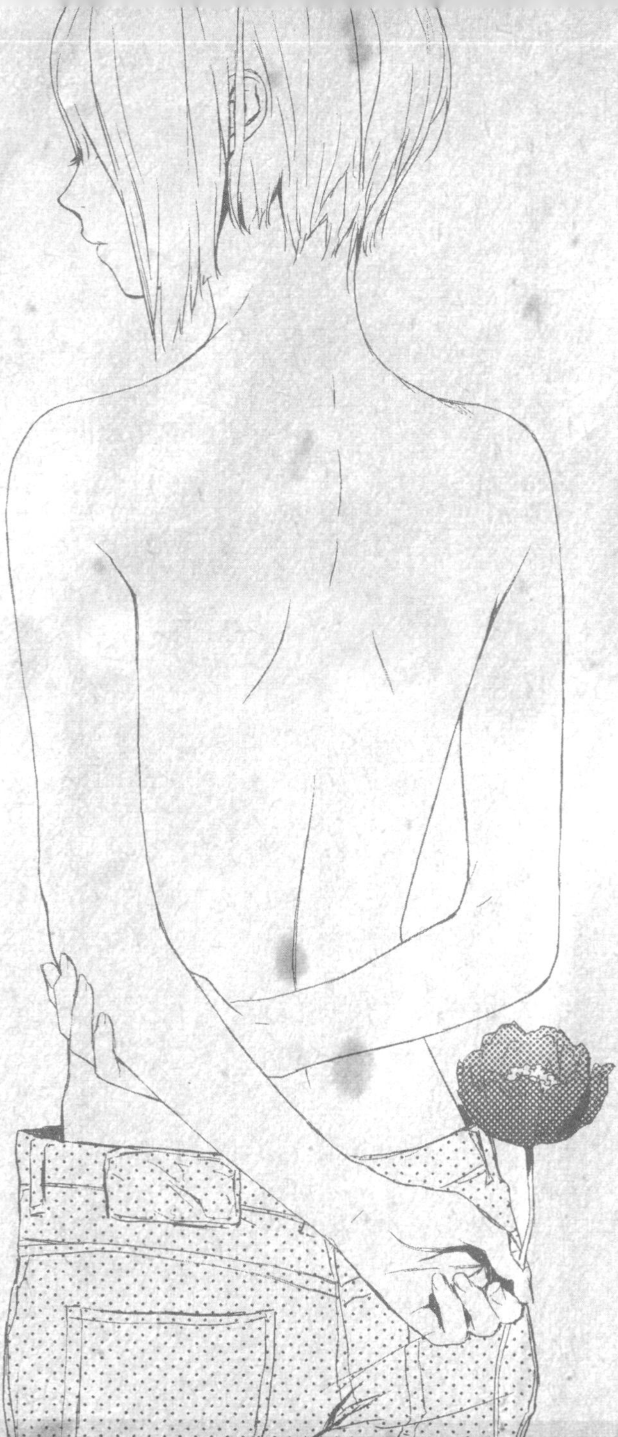

不知不覺時鐘指針已指向了上午十一點，開店的時間到了。

正悠哉地揮舞著雞毛撢子，清除書架上堆積灰塵的我，急急忙忙地將放有百圓均一文庫本的置物車和旋轉招牌推到店門口。

不消說就算我急著準備，門外連一個等店開門的客人也沒有，就連車站月台邊的狹窄小路上也毫無人影。這是一個連出門都覺得太過炎熱的天氣，大片的積雨雲就出現在隔著月台屋簷的天空上，看來午後應該會有一場雷陣雨吧！

在彷彿有人在一旁呵著氣般令人不舒服的熱風吹拂下，寫著「文現里亞」的招牌緩緩轉動，「古書堂」的文字隨之出現。

總之，一天就這麼開始了。

大大地伸了一個懶腰之後，我回到了如同用書磚砌成彷彿洞穴般的店裡，雖然略顯幽暗，但至少遠比屋外來得涼爽。

我，五浦大輔，在文現里亞古書堂工作已經超過三天。雖然過去我一直不知道，不過這家店在這一帶似乎以專門收取珍本書籍而聞名。上網搜尋之後更是發現，有時甚至還有些展覽會特地由這裡借庫存中的珍品前去參展。

具有無法看書「體質」的我之所以會開始在此工作，是將外婆所持有的《漱石全集》拿給這裡的店主篠川栞子小姐鑑定的結果。

對栞子小姐來說，舊書除了書中所述說的故事之外，書籍本身也擁有著自己的故事。而她也抽絲剝繭地，將隱藏在《漱石全集》中外婆生前的「故事」精彩地解讀出來，而那故事甚至還攸關著我的身世。她對於舊書的知識極其豐富，同時觀察力也超乎常人。只不過個性極端內向，一旦講到書以外的事情，甚至無法和人目光相對。

這三天一轉眼就過了。

之前負責看顧書店的是篠川小姐的妹妹——名叫篠川文香，她除了告訴我收銀機的使用方式和掃除用具的放置地點之外，什麼也沒說明。她對舊書店的工作似乎也一無所知，只是嚴密地監視著我的一舉一動。似乎對原本以客人身分出現在店裡，過了一晚之後卻變成實習店員的我心存疑慮。

「我姊姊除了書以外，對世事可以說是一竅不通、完全不知人間險惡喔！」

她不斷這麼對我說，都快聽煩了。

「前一陣子，主屋那邊有遭小偷喔！雖然什麼都沒有被偷走，不過這一帶也變得很不平靜了呢。」

言下之意似乎是把我當成那個小偷了，追根究柢，一開始讓我去找住院中的篠川小姐的人不就是妳自己嗎——我忍著不回嘴，默默地繼續工作。再怎麼說我從小在餐館中長大，只要稍微用點心，至少還是有辦法做到基本的應對。

不知道是不是因為我努力工作的態度，讓她對我的警戒稍加鬆懈，還是單純地對緊迫盯人的監視感到厭煩，她今天早上一直待在位於店後方的主屋裡沒有出來。

在一片寂靜的冷清店裡，我打開了放在櫃檯角落的電腦。開啟信箱後發現篠川小姐寄了一封長信過來，信件以「早安，我是篠川」的問候語起頭，中間有一長串的工作指示，最後則以「那就麻煩你了，如果有什麼狀況，再請寄郵件給我」結尾。

從第一天開始，工作的指示都只用郵件下達。篠川小姐住院的大船綜合醫院禁止在病房內使用手機，但在大廳講電話就沒什麼問題，不過，她現在仍處於幾乎無法下床的狀態。

如果有收購的委託時，自然可以直接去醫院找她。問題是這樣的客人遲遲沒有出現，所以這三天幾乎沒有和她說到話的機會。

上午的「工作」是準備寄送以網購下訂的書。文現里亞古書堂有加入網路上的舊書搜尋網站，因此店內大部分的書都可以透過網路買到。網購似乎是店內主要的收入來源，也難怪客人這麼少還是能繼續經營。

我走在連通道都快被書淹沒的店內，四處尋找客人訂購的書。

直到現在，我總算搞懂這家店到底在販賣哪些書籍了。主要是文學、歷史、哲學和美術相關的專業書籍。雖然也陳列著漫畫和文庫本，不過裡面排放的都是一些我聽都沒聽過的舊書。

我抽出客人訂購的書籍，回到櫃檯一一核對篠川小姐的信件內容，然後將書打包。

若要說理所當然自然也沒錯，但她的郵件裡面除了公事以外，真的什麼都沒寫。「如果有什麼狀況」這句但書也讓人覺得，似乎沒什麼特別的事就盡量不要聯絡、不要來醫院。

如果跑到病房去說一些無關緊要的瑣事，她應該也不會開心吧。我腦海中栩栩如生地浮現出她輕輕回一句「……這樣啊」之後，就沉默無語的情景。當然，如果是和書相關的事就另當別論了。她一定會像之前那樣，雙眼閃閃發亮地對我娓娓道來，而我也很期待這樣的發展。

喀啦喀啦的拉門開啟聲傳來，抬頭一看，一位白髮蒼蒼的老婦人正走進店裡。老婦人手上掛著一把陽傘，身上穿著清爽的素色連身洋裝，感覺相當高雅。

雖是第一次看到的生面孔，不過一定是住在這附近吧。老婦人似乎是剛購物回家，手上提著印有高級百貨公司商標的購物袋。因為對方朝著我微笑點頭，我也跟著點頭回禮。上午來店裡的人幾乎都是像這樣的老人家。

老婦人在店裡繞來繞去，不時會停下腳步，拿起書本專心地閱讀、確認。似乎是沒有找到想買的書吧，她朝著我點頭行禮之後，再次伸手拉開玻璃拉門。

這時，剛好有另一位客人要進來，老婦人往旁邊退了一步讓出走道。

我停下手上的工作。新來的客人感覺截然不同，剃得乾乾淨淨的小平頭和一雙炯炯有神的大眼，是位小個子的男子，如果從曬黑的臉上皺紋來判斷，年紀應該在五十多歲上下。男子上半身穿著印有英國國旗的過大T恤，下半身是一件褲管已經破破爛爛的牛仔褲，脖子上圍著一條粉紅色的毛巾。

雖然不清楚他從事什麼工作，不過，可以確定應該不是休假的上班族，他手上拎著一個帆布製的大袋子。

老婦人也跟我一樣略顯驚訝，逃跑似地穿過小平頭男的身旁，當她從玻璃拉門跑到外面時——兩人似乎稍微撞了一下肩膀。這時小平頭男冷不防地抓起了老婦人的手……

「……妳這傢伙，等一下，喂！」

男子以充滿氣勢的低沉粗重聲音吼道。老婦人的臉色立刻如白紙般慘白，我急忙站了起來。在晚上的鬧區市街也就算了，大白天的舊書店裡會出現這種麻煩，還真令人意外。

「你在做什麼！」

我企圖將小平頭男從老婦人的身邊拉開，他立刻呲牙裂嘴地朝我大吼：

「你這個笨蛋，抓住我幹什麼？你看！」

小平頭男將手伸進老婦人的購物袋裡，拿出放在最上面的東西。我差點驚叫出聲，眼前的是裝著書盒的大開本書籍。今和次郎、吉田謙吉的《考現學》，是剛才還放在櫃檯旁邊書架上的書。因為是有些怪的書名，所以令我印象深刻。回頭一看，原本放著那本書的架上已經空空如也

——也就是順手牽羊。

「啊……」

老婦人發出呻吟。她假裝隨意路過，然後在店內物色下手的目標。比起生氣，更令人感到驚愕，我一直以為順手牽羊是國高中生才會做的事，沒想到上了年紀的婦人竟然也會做這種事。

「……才這麼點小東西，就大發慈悲放過我吧！」

老婦人突然露出諂媚的笑容，和剛才的那種貴婦姿態有著天壤之別，或許這才是她的本性。

「我並不是喜歡才偷東西的，像我們這樣的老人家，總有不得不這麼做的時候，你就稍微同情我吧！好嗎？」

老婦人以詭異曖昧的眼神對著我送秋波。這還真傷腦筋，遇到這種情況，應該要剛正地交由警察處理才是服務業的鐵則。然而，我心裡卻抗拒著這麼做，或許因為我是由外婆帶大的關係吧，面對年紀大的女性氣勢就變弱了。

「都一把年紀了，還說這種不像樣的藉口。」

小平頭男嚴詞厲色地說：

「世上的老人並不是都像妳這樣厚臉皮，要偷書的話，還不如去賣小雞。」

他比我這個店員還要生氣，總之必須阻止他繼續抓著那名老婦人。結果趁著我們兩人在狹小通道上僵持時，老婦人輕輕點個頭說道：

「那麼，打擾了。」

老婦人快速轉身一溜煙地往外面飛奔而出，轉眼間就消失在我的視野中。我連忙跑到店外，但她的身影早已消失得無影無蹤，逃跑速度快得和年齡毫不相符。

「那傢伙大概是慣犯。」

小平頭男面向著回到店裡的我，開口說教：

「你也要仔細盯好看有沒有人順手牽羊啊，不然請你來看店有什麼意義？」

「……對不起。」

我慚愧地低下頭來，雖然很感激他幫我阻止了偷書賊，但是，我完全搞不懂這個人為什麼要對我說教。他到底是誰？似乎發現我的眼神充滿疑問，小平頭男用力地以拇指朝自己的胸口一指，說道：

「我叫志田，是這家店的常客。」

自稱志田的這個男子走近櫃檯，不斷拿出文庫本堆在櫃檯上。全部有七、八本。

「……這是什麼？」

「這還要問嗎？看就知道了吧？這是要請你們收購的書。」

我的心臟鼓動了起來。這麼一來就可以正大光明地去醫院探視篠川小姐了，我滿心歡喜地回到櫃檯。

「因為負責人不在，可以暫時寄放到明天……」

「這點小事我很清楚啦！」

志田不耐煩地如此說道。

「受傷住院中對吧？你是最近新來的店員？竟然會想在這裡工作呢。你不覺得那位店長小姐很古怪嗎？那麼內向的舊書店長也很少見喔。」

正如同常客這個名號，他似乎真的經常出入這家店，擅自把手伸進櫃檯內，從文件夾裡面抽出一張紙，那是讓帶書過來的客人填寫的購書單。這位先生比我還清楚東西擺放的位置。

志田行雲流水地振筆疾書。突然間，我的目光被他的右手吸引住，他每根手指上有硬梆梆的皸裂痕跡，長長的指甲上也滲著污垢，那是過著艱辛生活的人擁有的手。

「好了，這樣就可以了吧！」

他邊說邊將購書單遞了過來。住址是「藤澤市鵠沼海岸橋下」，我傾著頭微微不解，我原本還以為自己對鵠沼海岸附近的地理位置滿熟悉的，不過，卻從沒聽過「橋下」這個地名。

「這是在哪一帶呢？」

我開口詢問。電話號碼欄上什麼都沒寫，這點也令人不免在意。

「聽好了，引地川不是這樣流嗎？那麼，你知不知道鵠沼海岸的前面有一座橋？比沿海的國道還要上游的附近。」

志田以食指在空中邊畫地圖邊解釋著。

「喔！」

「我的窩就在那座橋底下。」

我瞪大雙眼，呆楞地注視著對方的臉——花了半晌才了解他所說的意思。也就是說這位大叔是流浪漢。

「這些書全是在這一帶精挑細選的。我是背取屋啦。」

「背取屋？」

這是什麼意思？不過，志田沒有回答我的問題，只帶著滿面笑容砰砰地拍著自己帶來的書。

「總之，幫我把這些書帶到醫院去鑑定一下，這些書看來不怎麼樣但都是很棒的好東西喔，店長小姐一定會很高興。」

「不，那個。」

就在我想要再次詢問背取屋到底是什麼意思的時候，志田就像擔心隔牆有耳似地將身體探進櫃檯裡。店裡明明除了我以外就空無一人了，這個人的舉止還真誇張。

「……另外，除了收購外，有件事也想順便拜託一下你們書店，可以幫忙轉達給店長小姐知道嗎？」

「啊？」

我完全搞不懂現在是什麼狀況。不過，實在找不到機會插嘴。

「看在常客的份上，應該沒什麼關係吧……那件事呢，發生在前天……」

面對張口結舌的我，志田口若懸河地說個不停。

我到醫院時已是那天的傍晚時分。篠川小姐的妹妹直到下午才現身，下午沒有社團活動的她說可以幫我顧店。輕敲病房的房門後，一道輕聲的回應從房內傳了過來。雖然聽不太清楚，不過篠川小姐似乎在房裡。

明明隔了三天才好不容易可以見面，但我現在的心情卻沒有特別興奮，因為我全副心思都被白天那位名叫志田的客人所提出的「委託」占據了。

「我是五浦，打擾了。」

說完後，我將門打開。

「剛才有寄簡訊，關於書的鑑定……」

我訝然地張大了嘴，床上的篠川小姐坐起身子，正用浴巾擦拭著頭髮。怎麼看都是一副剛洗完澡的模樣，充分運行的血液將雪白的肌膚染成了迷人的粉櫻色。一發現我之後，她整個人就像凍僵似地動也不動。

「對不起，我在走廊等。」

正當我急忙往外跑時……

「不……不用，請坐……」

一道細如蚊蚋般的聲音叫住了我，她低垂著頭請我在圓椅上坐下。一根充滿光澤的濕髮黏在她的眼皮上，我的喉頭不聽使喚地動了一下。

「剛……剛洗完澡……以為還會晚一點……那個，不好意思……」

她似乎是在說，剛剛才洗完澡，原本以為會晚一點才過來，讓你遇到我正在整理儀容，真是抱歉。

「不會，我才應該說抱歉。」

因為她妹妹來代班，所以來早了。我稍微咳了一下，再不說點什麼的話，感覺就快出現奇怪的妄想了。

「妳自己有辦法在醫院洗澡嗎？」

她用力點了一下頭，一陣淡淡的洗髮精香味飄了過來。

「有看護……」

一邊摺著浴巾，篠川小姐低喃著回答。應該是想要說有看護在一旁幫忙吧，原來如此。

或許是要消除緊張情緒，她突然深呼吸了起來，套著睡衣的胸前劇烈地起伏著，我的目光不由得往那附近集中過去。一直以為她是纖瘦的小個子，不過，或許我誤會了——不，笨蛋，被發現的話該如何是好，趕快進入正題吧！

「可以幫忙看一下書嗎？」

我把帶來的紙袋交給她，老實說我還有點半信半疑。志田帶來的文庫本看起來一點也不像他本人誇口的「好東西」，因為每本的年代看來都不太久遠。

但一把書拿出來，篠川小姐的樣子就出現了一百八十度的轉變。

「哇啊！好棒喔！」

她口中傳出有如剛收到聖誕禮物的小孩所發出的興奮聲響；她將這些文庫本緊緊地抱在懷中。文庫本的書背陷入睡衣的胸口裡，讓我的眼睛更加不知道該往哪裡看了。

「五浦先生，您看！」

她的雙眼散發出閃亮的光芒，將書背朝向我。是筑摩文庫和講談社學術文庫，查爾斯．狄更斯《我們共同的朋友》上中下集、費夫賀&馬爾坦《印刷書的誕生》上下集、式場隆三郎《完整版 二笑亭綺譚》、杉山茂丸《百魔》上下集……看起來似乎都是很艱澀的書，完全搞不清楚到底哪裡很棒。

「……是很稀有的書嗎？」

「是的，每一本大概可以賣到兩、三千圓才對。」

「咦？真的嗎？」

我大吃一驚，比想像中還要貴很多。雖然看起來都不像是很古老的書。

「這些作品雖然人氣歷久不衰，但卻都不曾重新發行。雖然可以找到精裝版本，不過就不是花兩、三千圓能買到的了……舊書市場就需要這樣的絕版文庫作品。」

這讓我想起了志田那自信滿滿的神氣表情，雖然看起來令人半信半疑，不過，他找書的眼光倒是相當精準。只是，他取得這些書的管道反倒令人好奇，因為他曾說過「是在這一帶精挑細選的」。

「是一位叫志田的客人拿來的。」

「啊，果然是他，我猜也是他！」

篠川小姐用高亢的語調說著：

「因為這些都是他擅長的類型。」

「擅長的類型？那個人到底是何方神聖呢？」

「那位先生是背取屋，他沒有這樣自稱嗎？」

「是有這麼說過……不過，背取屋到底是什麼職業？」

沒有機會向本人問清楚，應該說一直到最後，他都沒有讓我發問的機會。

「就是從舊書店買一些便宜的書，然後再高價轉售的人。志田先生每天都會在這一帶的新舊書店繞來繞去。」

這是我有生以來第一次聽到的職業，也有人用這種方法賺錢啊。

「為什麼會叫『背取屋』呢？」

「這說法各有不同，不過，似乎是指看了書『背』之後再從書架上『取』下書，因此就稱為『背取屋』的樣子。志田先生專挑絕版文庫來交易……所以對這方面大概比我還要熟悉。」

「……」

簡言之，志田就是一位會賣珍貴稀有的書給我們店裡的貴客，還真後悔剛才沒有好好仔細聽他說話。

「志田先生應該有什麼想拜託的事情吧？」

篠川小姐的雙眸穿過眼鏡，往上看向我。

「為……為什麼妳會知道？」

「當志田先生帶一些好書來給我們的時候，多半會拜託我們，希望可以賣一些庫存的絕版文庫給他……不對嗎？」

她面帶微笑地說。那位大叔一定常這麼拜託吧！既然要把手上的書賣給舊書店，有點門路肯定是比較有利。

「嗯——我不知道從何說起比較好……他是有提到絕版文庫的事情。」

我有點不知該從何說起，那是個有一點，不，是相當奇怪的委託。總之，我從口袋裡掏出為了怕忘記而記下的筆記，把對方拜託的事情唸了出來。

「請把小山清的《拾穗‧聖安徒生》這本文庫本初版……」

「新潮文庫的短篇集呢，初版應該是在昭和三十年吧！」

簡直就像是一拍即響一樣，篠川小姐腦中的資料立刻傳了過來。

「那本書的話，我們店裡的倉庫應該有庫存，並不是很稀有的……」

「不，他好像不是想要庫存。」

我搖搖頭表示否定。

「他拜託的內容是『書被偷走了，希望能請你們幫忙找出來』。」

「咦？」

她有些疑惑地眨了眨眼，我則在腦中開始整理志田那沒完沒了的長篇大論。還是從他進店之後發生的事情，依序正確地傳達出來比較好。

「……那個，我雖然沒錢也不年輕，不過倒是很中意現在的生活，即使不用別人照顧，也還可以過活。別以為年紀大的人都像剛才順手牽羊的老婦人一樣，只是滿腹的藉口與牢騷。

我有一本下定決心絕對不賣的文庫本。每個人心目中都會有一本最重要的書，不是嗎？對我來說，那就是小山清的《拾穗‧聖安徒生》這本短篇集……你沒有讀過嗎？還真是個沒常識的傢伙耶。

總之，對我來說，那就像護身符一樣，我每天都把它和隨身物品放在一起，帶在身上，以便隨時可以拿出來看……但是那本書被偷了，前天的事。

那邊（朝西北方一指）的小袋谷不是有一個平交道嗎？就在跟國道交接的地方，你知道往國道再走下去一點，第一個紅綠燈的地方嗎……沒錯，那邊有個十字路口，往左轉就會看到一個往大船車站的公車站，繼續往前就有一間寺廟。昨天下午我到那裡去了，騎腳踏車。

理由？工作啊，工作！我跟之前認識的同業約在那裡，打算交換庫存的二手書。今天帶來的《印刷書的誕生》下集就是從他那邊換來的。

……什麼？為什麼只有下集？你是認真這麼問的嗎？絕版書這種東西，愈後面的集數就愈難收集啊，有人只有買上集，卻沒買到下集，但是卻沒有相反的人，不是嗎？因為下集流通的數量比較少，所以價值才會比較高。

再回到正題，我們約在寺廟前面碰面，我先到了，便把腳踏車停在正門旁的松樹下……寺廟那裡沒什麼人，相當安靜。雖然我沒帶錶，不過應該是下午兩點前左右。

總之，那間寺廟在鎌倉這裡不算特別大，幾乎沒什麼觀光客。尤其前天的日照相當強烈，我在樹蔭底下還好，不過在公車站等車的人，幾乎都是一副快要熱死的樣子。

因為還滿閒的，所以就想在松樹底下稍微看一下書。我把隨身物品放在腳踏車車籃上，當然也包括那本小山清的書。

正當我把書拿出來看時，肚子突然痛了起來，雖然是有點沒禮貌的話題，不過我在幾天前一直拉肚子，雖然飲食已經很小心了，可是天氣這麼熱實在沒辦法，因為我的窩裡沒有冰箱哪。

因為在附近都找不到便利商店和公共廁所，沒辦法只好走進寺廟裡面，想著那裡應該會有給參拜訪客用的廁所吧。

我把隨身物品和腳踏車都放在樹下，心想應該不會有人偷吧。不過，現在想起來真是個錯誤的決定。

當我穿過正門走在參拜步道上時，背後突然傳來嘎鏘的聲音。回頭一看，發現一個年輕女生和我的腳踏車一起倒在地上。我立刻知道她撞到我的腳踏車了。可能是因為我把腳踏車停得超出人行道上了吧。

我向她問了一聲不要緊吧……她是看起來年紀大約在十六、七歲上下，短頭髮，身材頗高的女孩。如果不是穿著裙子，有可能會被誤認成男生吧。

我和那傢伙的東西全都散落在門前，那本書當然也混在裡面。

『抱歉，可以幫我把腳踏車扶起來嗎？』

我大聲地喊著，怎麼說呢……那個，就快要憋不住了，所以已經沒辦法忍耐先回去腳踏車那裡了。

那少女並沒有回頭看，她完全不管我的東西，只撿起自己掉落的紙袋，仔細確認裡面……不，我沒辦法看到裡面有什麼，只知道是一個暗紅色的素色袋子，感覺好像很高級。

然後，那少女就開始朝四周東張西望，看起來像是重要的東西從袋子裡掉出來的樣子，接著，她突然從地上撿起了什麼，慌張地跑離現場。

老實說，我覺得有點怪怪的，因為那少女撿走的好像是文庫本……總之，我從廁所回來後，同業的朋友也來了，他幫我收拾掉落的行李。我跟他道了謝，確認一下物品後，發現就只有那本小山清到處都找不到……那時我才終於發現書被偷走了。

問了那位朋友後，他說剛才有和一位高個子少女擦肩而過，對方似乎過了馬路往公車站走去的樣子。我趕去之後，公車站已經連半個人影都沒有，因為公車早就來過了。

和朋友告別後，為了謹慎起見，我又到公車站去找了一下，果然還是沒找到遺失的書，那個少女一定是拿著我的書坐上公車了吧。

總之，我非得將書找回來才行，所以才會到你們店裡來……

什麼？那少女偷書的理由？那還用說嗎？一定誤以為那是本老書，很有價值！一定是打算把書賣了換錢。

所以我想了一下，離那間寺廟最近的舊書店就是這裡，如果那少女將小山清的書賣到這裡的話，可以請你們默默地把書買下來嗎？我會再把書買回來。

……報警？不，我不打算報警，我又不是想要抓到犯人，只要能找回書就心滿意足了。每個人都會有一時衝動、臨時起意的時候……不過，還是會想要跟對方抱怨一下啦！總之，幫我把這件事跟店長小姐講一下……今晚我會再來店裡，那就麻煩了！」

「……事情的來龍去脈大概就是如此，妳打算怎麼辦呢？」

將事情的前因後果大致講了一遍之後，我稍微觀察了一下篠川小姐，她雙手交疊在膝上，像是陷入沉思的樣子。

「志田先生還真喜歡小山清呢，聽您說他幫忙阻止了偷書賊時，我這才發現到。」

篠川小姐感慨地說著，我差點就跟著點起頭來。

「咦？那和志田先生委託的事完全沒關係，不是嗎？」

那只是為了說明志田的「委託」才順便說明的事，但她卻微笑著搖搖頭道：

「在志田先生的那本短篇集裡面，也收錄了書名上的《拾穗》這部作品，您知道那部作品是什麼故事嗎？」

「不知道……」

「是一篇淡淡描寫出貧窮小說家日常生活的短篇故事。當然，主角就是作者本身的寫照，主角和經營舊書店的年輕女孩相識，並從少女那裡收到了生日禮物，打開包裝一看……啊，對不起，我又離題了。」

不知不覺中，我已經把身子探了過去，與經營舊書店的女孩交往的這個部分，引發了我的興趣。打開包裝一看……裡面到底會是什麼呢？不過，篠川小姐卻輕咳了一下改變話題：

「那麼，言歸正傳，在《拾穗》的前面有這麼一段。」

篠川小姐雙眼凝視著空中，毫無窒礙地背誦出如下的內容：

「『我想要盡可能早一點變老，即使腰會無法完全挺直也無所謂，那時我或許會開始靠著養小雞謀生吧。不過，就算是老年人，在這世上也不見得都是不如意的事情。』」

我愕然地張大嘴巴。志田對那位老太太說的話的確與這段內容重複。那時我還因為他突然提到小雞而覺得突兀。

但是，現在令我吃驚的是另一件事。

「……妳把看過的小說，全都背起來了嗎？」

我如此問道，篠川小姐用力地揮動雙手否認：

「怎……怎麼可能，沒有啦……只是那本書裡一些不錯的地方，有幾頁記在腦海裡罷了……」

「咦？這不就超厲害的嗎，我從來沒見過這樣的人。」

雖然我只是老實地說出心中的感想，不過她的反應卻超乎想像。篠川小姐微張著嘴一臉楞住的表情，接著立刻滿臉通紅地害羞起來：

「您稱……稱讚的地方有些奇怪呢。」

「咦？是嗎？」

「我第一次被人稱讚超厲害……」

她邊說著，眼鏡底下的目光輕輕看了我一眼，就在四目相接之前，頭立刻又低了下去。羞怯到這種地步，讓我的思緒不免跟著紊亂起來。

「總……總之我們就來幫志田先生的忙吧！」

異樣的氣氛持續了一會兒之後，篠川小姐再度用力咳了一聲轉移話題：

「就麻煩五浦先生您稍微注意一下，看看是否有人拿《拾穗．聖安徒生》這本書過來請我們收購，只不過……」

她眼鏡下的眉頭緊蹙。

「……我有些疑問。」

「疑問？」

「那少女真的是為了拿去賣才偷書的嗎？」

我對於這一點也有些存疑，如果像志田這種背取屋還另當別論，但一般人對於偶爾看到的舊書，會立刻想到把它拿去賣錢嗎？

「只偷一本的這點，我覺得很奇怪。」

她如此說道。

「志田先生預定和其他的背取屋交換書，也就是說，他帶去的書裡面應該還有一些看起來能賣錢的舊書才對。如果她想要錢，沒有拿其他的書就很不自然了……你不覺得嗎？」

我默默點頭表示贊同，這的確有些奇怪——我雙手環抱胸前這麼想著。出乎意料地，篠川小姐突然將雙手撐在床上，朝這裡挺直身子。我下意識聯想到偶像寫真的姿勢，急忙將想像揮出腦中。

「怎……怎麼了嗎？」

「我覺得就這麼空等下去，志田先生的書永遠也回不來……不如我們直接把那位少女找出來如何？」

「咦？」

我從不曾這麼想過。沒有義務為了那個背取屋做到這種地步吧？可是，我立刻把「不要吧」這句話嚥回去。篠川小姐的眼鏡底下，那雙水汪汪的大眼睜得更大了。這是個即使沒有進書，也可以來這裡的絕佳藉口。

而且，尋找犯人這件事也讓我興致勃勃。

「來找犯人吧！其實我也正想這麼說。」

我大力表示贊同，這種程度的誇張表現應該可以被允許吧！篠川小姐高興得在胸前雙掌合十地說道：

「謝謝！我就覺得五浦先生您一定會這麼說。」

五浦先生這個稱呼聽起來很悅耳，原來如此，我被她信賴著呢！正當心情正好的時候，她又繼續說道：

「可是，如果不是為了拿去賣，那名少女為什麼要偷書呢？五浦先生您認為呢？」

突如其來的問題嚇我了一跳，我原本以為只要和之前解開《漱石全集》的謎團時一樣，靜靜聆聽她的推理就好。

「啊——對了……會不會是為了想要閱讀才偷的，因為剛好發現了一直想看的書。」

「我覺得這個可能性很低。」

雙眸散發著光芒的篠川小姐直接就否定了。不知為何，她以這種表情說話，感覺更有說服力。

「這本文庫本絕對不是什麼稀有的書，只要到舊書店找一下就不難買到。而且十五年前還曾經重新出版過。」

「這樣啊……啊，我想到了，會不會誤以為是自己的書而不小心拿走……」

因為聽到那少女的行李也掉了，有可能是她原本也帶著相似的書，卻不小心混在一起。

「我也有考慮過這樣的可能，不過，若真是如此的話，現場應該會留下那少女的書才對……所以我想，一定是有什麼理由才把書偷走，這點應該是無庸置疑。」

「嗯……」

除此之外，我已經想不出任何可能。能思考到這裡已經是我腦袋的極限——不對，等一下，如果是這樣，事情不是有點奇怪嗎？

「既然不是為了要賣錢，也不是想要讀，那又為什麼要偷那本書呢？」

「問題就在這裡，我覺得偷書的理由就是整個事件的關鍵所在。」

篠川小姐興致勃勃地說道：

「偷書的真正理由，應該可以成為找出少女的線索，所以先從這裡下手來找出真相吧！」

「咦……要如何找出真相呢？」

「根據志田先生的話，可以了解到幾件事情。」

她如此說道，同時豎起了食指。我的雙眼不由得望向那小小指甲的前方。

「首先，少女應該是在趕路，會撞到放在人行道上的腳踏車，我想就是因為她以很快的速度在奔跑的緣故。」

「……說得沒錯。」

我點頭贊同之後，她又繼續伸出中指說：

「還有一點，那就是公車隨時都有可能到站。從志田先生的話中知道，公車站已經有人在等車……所以可以判斷，那少女應該是急著要去公車站搭車吧！」

感覺好像能體會她的心情，如果公車站有人在等車，就會想要急著快點過去。

「可是，這樣一來事情就有點奇怪了，明明急著要趕公車，但是她站起來之後，卻沒有馬上跑去公車站……志田先生是說少女確認了撿起的紙袋裡面，然後往四周東張西望對吧？」

「啊，沒錯，他說像是在尋找掉落的東西……」

「不過，少女並不是撿起掉落的東西……而是拿起志田先生的書。我想，這應該還有其他的可能。」

就像將話一句一句分割開來似的，篠川小姐緩緩地說：

「紙袋裡的東西並非掉落了，而是已經壞掉的話——您認為如何？」

「壞掉？什麼東西？」

「什麼東西還無法知道……遇到那種情況，想要找一些東西來替代，或是找些可以修理的道具也不奇怪吧？她慌亂地往周圍一看，就撿起那本文庫本……」

我目不轉睛地注視著她。之前解開《漱石全集》的祕密時我就這麼覺得，她竟然只靠著一點點線索，就能將事情抽絲剝繭，而且連一步都不曾跨出這間病房之外。

只是，我也有無法理解的地方。

「……請問，那本文庫本有什麼用嗎？」

篠川小姐嘆了一口氣，將立起的指頭全都縮回來，握起拳頭。本人可能是無意的吧，不過看起來卻像招財貓一樣，可愛到讓我都覺得有點不好意思。

「這部分就完全無法得知，目前的情報太少了……」

保持著招財貓的姿勢，她認真地說：

「……如果可以向與志田先生見面的那位背取屋打聽看看就好了，或許對方會知道些什麼事情。」

「咦？為什麼？」

「志田先生的那位同業不是和少女擦肩而過嗎？如果只是擦肩而過的話，應該不會知道對方往哪裡去。會知道少女朝公車站走去，或許是有回頭看了一下吧。」

「……原來如此。」

也就是說，有什麼東西吸引到他的注意力。

志田之後會來店裡，到時就請他幫忙聯絡一下那位背取屋吧。

「不過，那位背取屋不見得會過來店裡吧！」

「嗯，或許如此，應該由我們去拜訪他才對。」

「原來如此……咦？那麼該由誰去問話呢？」

篠川小姐微傾著頭，雙眼注視著我。我還真是問了一個笨問題，她沒辦法離開醫院，當然是由我去問囉。

隔天是文現里亞古書堂的公休日。

雖然是工作以來的第一個假日，不過我現在卻在豔陽高照的屋外，正把速克達停在鎌倉郊區的寺廟前面，也就是志田的文庫本被偷的「案發現場」。

我站在松樹的樹蔭底下擦著汗，雙眼有如雷達般四處張望。此處離我就讀的高中也很近，學校舉辦的寺廟巡禮活動——鎌倉附近學校的傳統活動——也曾來過這裡。這裡的街道風貌和當時幾乎一模一樣，雖然也算是處於國道沿線，不過卻完全看不到便利商店和家庭餐廳的蹤跡，感覺就像是午睡時間的寧靜住宅區。往左右看去，也完全看不到行人的身影。

我正在等待著志田的同業。

昨天傍晚，志田再度出現在文現里亞古書堂，當他聽說我們想要找出盜書少女（還有收購文庫本的價格）後，整個人高興不已。我提及想向那位同業問話後，他馬上在店裡打電話跟對方聯絡。雖然沒有直接通話，不過對方卻很乾脆地就答應和我見面，然後直接告知會面地點和時間。

「你也可以看一看《拾穗》喔！」

和背取屋同業聯絡完後，志田如此推薦著。

「《拾穗》是我從事現在的工作後，立刻接觸到的一本書。我也不是一直都在從事現在的工作，之前不管是公司或家庭都失敗……算了，這無所謂了。當在橋下閱讀時，我覺得這是一部天真過頭的故事。」

聽說志田是最近幾年才出現於文現里亞古書堂，在此之前，是在何處從事什麼工作，連篠川小姐也都不清楚。

「不擅長與人交際，也不懂得待人處世的窮小子，毫無不滿地生活著，這種事根本是天方夜譚啊。在這樣的窮小子面前，竟然出現了一位純潔無瑕的年輕女孩，而且還溫柔相待，怎麼可能會有這種事嘛？」

雖然說著批評的話語，但志田的語氣卻相當溫柔。感覺就像在談論老是讓人操心的兄弟的事情一樣。

「不過，作者應該是很清楚這種事情，卻依然寫下這樣的故事吧！只要看過之後，你就會知道……那是個會讓人對寫出這種天真內容的作者感同身受的故事。」

我不由得點頭同意——這是會讓人想要閱讀看看的感想。

「……老實說，我也知道要拿回那本書是難如登天。不過，就是死不了心啊……即使無法把書找回來，我也不會責罵你們，這點就請你們安心吧……也替我向『男爵』那傢伙問好吧！」

「……『男爵』到底是什麼意思啊！」

我站在松樹底下喃喃自語，或許是另一位背取屋的暱稱吧。志田完全沒告訴我對方到底是怎樣的人，只是說總之見了面就會知道而已。

我拿出手機看了一下時間，已經比約定的時間稍微晚了一點。正當我心裡開始想著，早知道就先問一下聯絡方式時……

「你在這裡做什麼？」

背後傳來了一道聲音。回頭一看，發現寺廟的正門出現一個身穿白襯衫的高個子男子。年紀大約在二十幾歲上下，一頭率性的卷髮，加上一雙眼尾細長的眼睛，看來不常曬太陽的白皙肌膚散發淡淡的古龍水味。如果手上沒有提著皮革公事包，說他是正處於拍攝空檔時的模特兒我也會相信。或許是剛掃完墓準備回家的人吧。

「我在等人。」

我回答後，男子眨了一下眼睛，然後露出潔白的牙齒，對我親切地笑道：

「是嗎，我也是呢，因為比較早到，所以到寺廟內繞了一下……莫非你就是在幫志田先生找書的人？」

「是的。」

男子緊緊握住我的手，上下輕輕搖動。我還沒理解狀況，眼睛來回看向男子的手與臉。

「我是志田先生的朋友，名叫笠井。可是不知道為什麼，他都以『男爵』這個奇怪的綽號叫我。」

笠井聳了聳肩說。他是一位有如畫中人物的美貌青年，不難理解志田為什麼會替他冠上貴族稱號。

笠井給了我一張名片，不過，我當然沒有名片可以回遞給他。只好口頭向他說明我是在文現里亞古書堂工作的五浦。

「啊，你是那家舊書店的人啊？雖然之前曾經路過，不過我卻從沒進去過。你是那家店的老闆嗎？」

「不是，只是店員而已，而且才剛開始工作不久。」

「這樣啊，那麼下次就去叨擾一下囉！」

男子明快地說道。

「因為只聽志田先生說是他的熟人，所以我還以為你也是同行，約在平日白天見面還真是抱歉呢。」

笠井輕輕地搔著頭，雖然顯得做作，不過看起來倒不像是個壞人。

我低頭看了一下手上的名片，在笠井菊哉的名字上面印著「笠井堂店主」。雖然聽說他是背取屋，不過好像也有經營書店的樣子。

「『笠井堂』是我在網路上使用的店名，我的買賣方式主要是親自到二手書店挑書，然後再用網拍的方式賣出，作法和志田先生稍有不同。」

也有這樣的背取屋呢，我心裡暗暗感到佩服。的確，與其賣給其他書店，直接賣給客人還比較快，這種作法應該與其他的舊書店大同小異吧！

「不過，因為我對書不是很了解，所以主要的商品以絕版ＣＤ和遊戲軟體為主。和志田先生經常會互相交流，因為我們買賣的商品類型不一樣。」

他從外表看來一點也沒有為錢所苦的樣子，或許是個滿厲害的背取屋。

「話說回來，你想要打聽把志田先生的書拿走的少女的事，對吧？」

笠井一問之後，我才回過神來。我將篠川小姐想到的事情加以轉述。結論便是，若要找出偷走小山清作品的那位少女，現有的情報仍不足。所以，希望他能詳細告訴我們當天見到的事情——聽完之後，笠井皺起了眉頭說：

「這樣啊，當時應該好好告訴志田先生才對，因為他沒跟我說被偷的書那麼重要。」

「您還知道些什麼事情嗎？」

「也說不上知道些什麼，其實我不只是單純地和那少女稍微擦肩而過。請跟我來這邊。」

笠井說話的同時，雙腳也朝著國道走去。在我們前進的方向有一個公車站，再往前走可以看見紅綠燈與十字路口，然後在鄰近寺廟兩間房子左右的一間老房子門前停下腳步。

「其實並不是擦肩而過，應該說是經過她的面前比較正確。大約在下午兩點整左右，我從十字路口那邊走來，看到那少女正蹲在這個門前，東摸西摸地。」

門位在略往建地內凹的地方，從周圍無法看見。這時我回頭望向松樹那邊，從位置關係來判斷的話，少女應該是偷了書之後在這裡停了下來。

「她在做什麼呢？」

「因為她背對著我，所以不是很清楚。當時地面放著暗紅色的紙袋，她的手在紙袋內摸索著，偶爾還會看向公車站那邊，看起來很慌張。雖然覺得很奇怪，不過因為我和志田先生有約，正打算直接走過去時，卻被她叫住了。」

我訝異地睜大雙眼。

「咦？你有和那少女說話嗎？」

「嗯，她問我『有沒有剪刀』。」

「剪刀？」

「嗯，剪紙的剪刀。怎麼會有人這麼問嘛？竟然在路邊就向人借起了剪刀，真是聽都沒聽過……不過，巧的是我剛好都會隨身攜帶剪刀，因為經常需要送貨，帶著打包的工具會比較方便。」

笠井不知道從哪裡拿出一把不鏽鋼的大剪刀，面露得意之色喀嚓喀嚓地展示給我看。

我盯著發出黯淡光芒的刀尖看，如果如同篠川小姐所說，那少女想要用那本書來修理壞掉的東西，那麼志田的書不就已經被剪破了！

「我把剪刀借給她，那時還不知道志田先生的書被偷走，對方又一臉苦惱的模樣。忙了一分鐘左右，她就把剪刀還給我。」

「你有看到她在做什麼嗎？」

「沒有，因為她背對著我，我也看不到紙袋裡面……不，等一下，向我借剪刀時，她的另一隻手好像握著什麼東西，那大概是……」

笠井稍微望了一下天空，半晌後又緩緩地開口：

「……我覺得應該是保冷劑。」

「保冷劑？」

「就是可以讓食物變冷的那種東西啊，你應該知道吧！」

我當然知道什麼是保冷劑。但我想知道的是那少女為什麼要拿著保冷劑。

「或許紙袋裡放著食物吧！」

「大概吧！不過，就算如此也無法說明些什麼。」

文庫本、剪刀、保冷劑，完全無法猜測這些東西彼此間有什麼關聯。

「把剪刀還給我之後，她就立刻穿過馬路，往那邊的公車站跑去。」

笠井朝道路對側的公車站一指。一個穿著制服的女高中生正在那邊等公車，身上穿的是我們學校的制服，一定是剛參加完社團活動準備回家吧。地上放著一個比身高還高的弓型袋子。

「昨天也像那樣有一個高中生在等公車喔，不過，是個帶著吉他的金髮男生……總之，那時公車還沒到，繼續看下去也沒什麼意思，所以我就往寺廟方向走過去了。」

「所以，那少女可以趕上公車囉！」

「應該是可以趕上，不過，她並沒有搭公車！」

「咦？這是怎麼回事？」

從這裡搭公車的話會坐到大船車站，所以我一直以為那少女是要搭車到大船車站。

「當我走到寺門附近之後，就開始幫志田先生撿行李。過了一會兒我才又在意起那個少女，所以回頭往公車站看了一下。那時公車剛好開走，其他乘客都上車了，但是卻只有那少女一個人留在公車站。」

「明明都跑到公車站了，卻不搭公車嗎？」

「事情就是這樣，雖然不知道原因為何。之後她就抱著紙袋往十字路口方向走去。我知道的事情差不多就是這樣吧。」

我不解地歪著頭。聽了笠井的話之後，謎團似乎變得更複雜了。帶著裝有保冷劑的紙袋、偷文庫本、借剪刀去剪東西、跑到公車站卻沒搭公車——我完全不知道到底是怎麼回事。

和笠井分開後，手機立刻響了起來。因為是不知道的號碼，所以我遲疑了一會兒才按下通話鍵，說了一句「喂」等待對方開口，不過，卻沒有人回話。

「喂，請問是哪位？」

就算這麼問也沒有人回應，難道是惡作劇電話？

「怎麼回事啊，真是的。」

正當我嘖了一下，打算掛電話時……

「我是篠川。」

一道微弱的聲音從電話那頭傳了過來。

「篠……篠川小姐？咦？為什麼會打電話……」

腦袋有點混亂，當然我有給篠川小姐手機號碼，但完全不認為她會打給我。因為她住的病房規定不能使用手機來講電話，不過，當作電子資料通訊器來傳送簡訊、郵件等倒是沒問題。

「現……現在我在走廊上……剛剛去復健室，正要回病房……」

這麼說來，走廊上好像有住院病人專用的通話區。她一定是在那裡吧，一開始就跟我說可以在那裡打電話不就好了？

「因為我急著想知道那位背取屋說了什麼……所以就打了電話，真不好意思……那麼就先這樣……」

正當她打算掛電話時，我急忙對著手機開口：

「不會不會不會，等一下！」

如果在這時候掛了電話，一定會被誤會一輩子。

「我有事情想說給妳聽，現在剛和背取屋講完話！」

我立刻開始說明從笠井那邊聽來的消息。所幸她並沒有掛斷電話——但是，告訴她這些消息時，感覺只會讓她的頭腦變得更混亂而已。因為不可能有人光聽到這些零碎的情報，就有辦法理解到底發生了什麼事。

當我一口氣說到那少女往十字路口走去時，篠川小姐以興味盎然的語氣向我發問，連一絲感到奇怪或疑惑的樣子都沒有。

「……那少女拿著紙袋，從公車站離開對吧？」

我安心地撫了一下胸口。一聽到與書有關的事情時，她就有如開啟了活力的開關，回到解謎時的她。

「咦？是的，好像就是這樣。」

我如此回答。雖然不覺得那是很重要的事，不過，她卻呼了一口氣說道：

「……這樣嗎，如此一來我明白了。」

「明白什麼？」

「明白她到底想做什麼，還有為什麼要偷書了。」

我驚訝得張口結舌，嘴巴應該差點流出口水吧！

「咦？真的嗎？」

「雖然還有一些不太清楚的地方，不過大致上已經了解了。」

「真是太厲害了！我就算想破頭，也還是完全摸不著頭緒……」

光憑這樣的資訊就能夠看穿事情真相，實在太驚人了。這應該是百中無一的可能性吧！果然一說到書的事情，這個人就能發揮可怕的觀察力。

「……不，也沒什麼……」

此時一陣沉默籠罩。情緒高昂的我，終於察覺到情況有些奇怪。雖然她解開了謎團，但是聲調卻顯得低沉，好像一點都不高興。

「那麼，事情究竟是怎麼一回事呢？」

受她影響，連我的聲音也變得低沉了。過了不久，她繼續開口說道：

「……是禮物。」

「什麼？」

「那少女紙袋中的東西，可能是需要保冷劑的食物吧！從那紙袋上並沒有印上任何店名來看，裡面放的東西應該是親手製作的點心之類的食物。因為打算拿去送人，她才急著趕路。」

「送人？要送給誰……」

才剛問到一半，我就想起了笠井說的話。那時公車站上有其他人在等車，一個拿著吉他的金髮少年。

「那麼，沒有搭上公車就是……」

「她並非要搭公車，而是要將禮物交給在公車站等車的少年吧……可是，在途中卻遇到了突發狀況，撞上志田先生的腳踏車，裝著禮物的紙袋不小心掉落到地上。」

「……裡面的東西破掉了？」

我聯想到和篠川小姐一起吃的葡萄乾夾心餅乾，是因為最近才吃過的關係吧！放的禮物是那種點心嗎？

「不是，如果裡面的點心破掉，應該會直接放棄贈送才對！我認為並不是點心本身……而是點心的外面出現了什麼狀況。」

「外面？」

「因為是要送給異性的禮物，所以應該會好好包裝。有可能是包裝的裝飾品或什麼東西掉了必須立刻修補好才行，但手邊既沒材料也沒道具。附近也找不到便利商店……這時觸目所及的就是志田先生的文庫本……」

「不！應該不至於找上那東西吧！」

老實聽著的我實在跟不上她的想法，只好插嘴說道：

「利用書上的紙來修補包裝，實在聞所未聞。」

「……我也不覺得會使用書的紙，我想說的是……」

遠方傳來了公車門開啟的聲音，不知不覺間，已經有一輛大型公車停靠在公車站旁。我啊地叫了一聲。

一名少年從公車門口走了下來，穿著制服長褲，上身披著白色襯衫，身上則背著一個吉他的箱子。一定是打算在學校練習吧，我的母校每年暑假結束後的第一天都會舉辦文化祭。他可能是和朋友合組樂團，或是熱音社的社員吧！

一頭耀眼的金色短髮，像是脫色染髮的樣子。

「……怎麼了嗎？」

「現在有一個高中生正從公車上走下來，好像是書被偷走時，人在公車站的那個少年……」

「快追上去！」

手機裡傳來篠川小姐的大喊：

「請向那個男生問一下少女的事。」

「我知道了，等一下我再打給妳。」

我暫且先掛掉電話，小跑步地追了上去，關上門的公車正行駛而去。少年則背對著我往前走，如果校規還沒改的話，應該會禁止學生如此明顯地改變髮色才對。可能是因為暑假期間才染成那樣誇張的顏色吧！

「不好意思，可以稍微打擾一下嗎？」

少年停下腳步回過頭來。稚氣未脫的臉龐，唯獨眼睛顯得特別細。看到我高大的身材時，他一瞬間瞪大雙眼，或許是故意想露出猙獰的眼神吧！

「……幹什麼？」

少年帶著一副老子就是不高興的口氣說道。「幹什麼」的「幹」聽起來像「看」，這是這附近常用的諧音說法，我在國高中生時也常用。

「幾天前，在那邊的公車站，是不是有個女生拿禮物……」

話還沒說完我就猛然驚覺。那少女拿著紙袋離開，也就是說這個少年並沒有收到禮物。

「……不是有個女孩打算拿禮物給你？關於那位少女有些地方想請問你。」

少年皺起臉來，帶著有如口吃黃蓮的苦澀表情回道：

「啊——你是說小菅嗎，怎麼了，你認識她？」

我在心裡記下小菅這個名字。他似乎認識那位少女的樣子。

「我有些事情想要找她，你知道她的住址或聯絡方式嗎？」

「……你是警察嗎？」

「不，不是……」

我一時語塞，真是失敗。因為急著叫住他，所以並沒有思考該如何向他問話。原以為像這種問法，應該沒人會直接告知朋友的個人資料，不過，他卻很乾脆地拿出手機，把通訊錄的畫面顯示給我看。在「小菅奈緒」這個名字下面，顯示著手機號碼和電子信箱。

「她應該住在這附近，不過住址就不知道了，手機號碼和電子信箱可以嗎？」

「……謝謝！」

我帶著些許的困惑向對方道謝，少年的嘴角終於揚起，展露出如畫般的微笑，就像曾對著鏡子練習過一樣。

「那傢伙惹了什麼麻煩嗎？雖然是個奇怪的傢伙。」

少年帶著好奇的口氣問道，不過，完全看不出擔心小菅奈緒這位少女，反而一副打從心裡幸災樂禍的樣子。

「……你在說什麼？」

「你不是有什麼原因才在找她？打算怎麼處置那傢伙？會把她沉到海裡嗎？」

我的臉整個扭曲起來。他似乎把我誤認成流氓還是什麼的，也就是說我的外表看起來就像那種人。

「你不是那少女的朋友嗎？」

「不是，只是同班而已。在教室雖然會稍微講講話，不過，我很討厭態度高傲的女生。」

「所以，就拒絕了她的禮物？」

「說什麼因為是我生日。不過，我也有拒絕的權利吧？當我告訴她不想接受她的祝賀時，那傢伙可是嚇了一大跳呢。」

在學校時只是表面上假裝親切，沒人看見時態度就完全相反。而且，私底下還會為此得意洋洋地大肆吹噓，更會毫不在乎地把別人的個人情報告訴陌生人。

雖然沒有什麼立場告誡他，不過，聽著聽著整個人就不舒服了起來。可是，必須和小菅奈緒取得聯絡才行，所以，我請對方用紅外線傳輸把她的資料傳給我。

「那麼，我先走了，還有社團活動的練習。」

少年離開後，我仍呆立在原地。明明獲得了重要的情報，卻完全高興不起來。

追查舊書的行蹤之後，知道少女贈送生日禮物的事，雖然最後對方並沒有收下。小菅奈緒是否有拿著紙袋離去？篠川小姐會這麼問，就是想要確認對方有沒有收下禮物吧！

突然間我想起了小山清的《拾穗》，在志田的建議之下，我在書店買下了小山清的短篇集。自己花錢購買印刷書已經是很久以前的事了。因為《拾穗》是極短篇小說，所以在身體感覺不適之前我就勉強讀完它了。

身為小說家的主角，每天過著貧窮而平靜無波的生活。並沒有發生什麼特別的事，僅是日復一日地重複著購物、煮飯、看看書這樣的日子。

有一天，主角和一位自稱「書的守護者」的舊書店少女相識。勤勞又率直的她，在主角的生日時送給主角指甲剪和掏耳棒。收到禮物的主角非常高興，故事就在這個地方結束了。

雖然就如同志田所言，是很天真的內容，不過，卻也是一部寂寞得會令人長舒一口氣的故事。書上並沒有清楚寫明這是否是作者的親身經歷，也可以把它當作一部身為小說家的主角所寫成的虛構日記。

故事裡面那種溫暖人心的贈禮方式，在現實生活中很難發生。即使想要贈送，卻可能遭到拒絕，就像現在這樣。

我從沉思中回過神來。總之，要把從少年那邊探聽到的情報傳達給篠川小姐，然後討論今後該怎麼做才行。

我拿出手機，按下篠川小姐的號碼。

從病房往窗外看已是日落時分，若隱若現的弦月浮現在空中。我坐在床邊椅子上，看了一下手機確認時間。

下午七點，正是約定的時間。

「……真的會來嗎？」

我向篠川小姐問道。

「我想應該會來……因為她回信裡這麼寫。」

白天時，篠川小姐聽完了我說的事之後，就傳了一封簡訊給小菅奈緒，向對方表示我們正幫忙書的主人尋找書，希望對方能夠來醫院一趟。之後，她只回了一封寫著「我會過去」的一行字簡訊過來。希望她是真心想要和我們談一談。

「如果能把書還給我們就好了呢。」

少女向笠井借了剪刀，因此，一定已經以某種方式損毀書了，書本或許也已經不再具有原本的模樣。

「……應該不要緊吧，我想應該不至於變得無法閱讀。」

「為什麼？不是已經用剪刀剪了嗎？」

「就算剪了……」

話還沒說完，重重的敲門聲便傳了進來。在我們還來不及回應前，門就被大大地推開，一位身穿牛仔褲和T恤的高眺少女走了進來。她的目光如炬、五官輪廓立體，與其說是美少女，倒不如說像是一名美少年。

少女走到病房中央停了下來，環顧四周後，帶著高傲的眼神從上往下瞪視著我們。

「……我就是小菅奈緒。」

「晚……晚安，我……我叫篠川……」

篠川小姐眼神游移不定，低著聲自我介紹。

「什麼？講話再大聲一點嘛，這樣根本聽不到吧！」

遭到對方強勢的語氣催促，篠川小姐整張臉立刻漲紅了起來。

「不……那個……啊……」

愈來愈聽不清楚她在講什麼了。似乎是因為小菅奈緒突然出現，讓她感到驚慌失措吧。為什麼偷書的人這麼光明正大，想要揭開偷書真相的人卻反而如此畏畏縮縮呢？

「我們是位在北鎌倉站旁邊的文現里亞古書堂的人。」

沒有辦法，我只好代為開始自我介紹。即使說出書店的店名，少女也毫無反應，看來甚至不知道有這家書店存在。

「我叫五浦大輔，是那家書店的店員，這位篠川小姐則是老闆。書的失主是我們的常客，所以我們幫他尋找失竊的書。」

這時我突然發覺，小菅奈緒身上並沒有帶著任何行李，那麼偷走的書會放在哪裡呢？

「偷走書的人就是妳吧？」

少女雙手交疊在胸，高傲地挺起胸膛說道：

「……就是我，怎麼樣？」

那副大方承認的態度，讓我不知道接下來該說什麼。我一直以為她不是會否認犯行，就是會承認而道歉。果然如同少年所說，這少女的態度相當高傲。

「你們是從哪裡知道我的電子信箱？我可不會隨便告訴別人，你們是從哪偷看來的吧！」

真是令人火大。妳也沒有立場批判別人偷看吧！

「是妳的同學啦。」

「同學？是誰？」

「……金髮的傢伙，在妳家附近的公車站遇到的。」

就在此時，少女整張臉霎時一片慘白。

「……西野嗎？」

那傢伙的名字叫西野嗎——這時候我才想起，那少年從頭到尾都沒有自報姓名，可能是很注重自己的隱私吧！

「你有跟西野說過那本書的事情嗎？」

小菅奈緒發出有如呻吟般的聲音。

「沒有，沒跟他說過。但他立刻告訴我妳的聯絡方式。」

「西野……竟然這樣……」

少女的肩膀微微地顫抖著。這就好像再一次受到傷害一樣！第一次是送禮物的時候，第二次是現在。

「可以把書還給我們嗎？」

我如此說道。就算敷衍地說些同情話，這名少女也不會感到高興。與西野之前發生的事，都是她本身的問題，而我的任務是拿回志田的書。

「……現在沒辦法還。」

小菅奈緒將臉撇向一邊說道。

「什麼？」

我不自覺地大聲起來。

「沒辦法是怎麼回事啊？」

「很煩耶！跟你們沒關係吧！反正你們也不知道到底發生了什麼事！」

「等一下，為什麼發火的人是妳！明明偷書的人……」

「……我大概知道發生了什麼事。」

床上的篠川小姐突然開口說道，而且還挺直了背脊注視著小菅奈緒。剛才那副畏縮的態度已不見蹤影，簡直就像按下開關，換了一個人似的。

「如果妳能告知原因，失主或許能夠再多等一下……或者由我來告訴對方呢？」

那聲音帶著讓小菅奈緒——還有我，瞬間沉默下來的力量。不過，那也僅是一瞬間而已，少女再次以銳利的眼神刺向篠川小姐。

「別自作主張了，妳又能說明些什麼？」

「……可以的，大致上。」

篠川小姐不慌不忙地說道，少女的眼神則變得更加犀利。

「那麼，妳現在就說明看看，讓我考驗一下看妳是否有辦法說明啊！」

感覺有點不妙，如果稍有差錯，或許對方就不會把書交出來。當然，也可以通知警察來解決，但受害的志田並不希望如此。

「沒問題嗎？」

我在篠川小姐耳邊問道。並非對她的觀察力存疑，只是不免擔心她是否真的能說服少女——不過，篠川小姐卻毫不猶豫地點點頭：

「嗯，沒問題。」

說完後，她便閉起眼睛，流暢無礙地娓娓道來：

「那一天，妳製作了點心要送給同班的西野同學當生日禮物……因為需要保冷劑，而且即使掉落也不會破掉或碎裂，所以應該是類似蛋塔類的點心吧！妳將點心包裝好，加上暗紅色的緞帶裝飾，再放入紙袋內，然後就帶著禮物出門。因為妳知道西野同學參加社團活動後回家時，會在附近的公車站搭公車……到此為止我有沒有說錯什麼？」

小菅奈緒只是愕然地張大嘴巴。看來似乎全部吻合。

「……妳在寺廟前撞上了腳踏車，將紙袋也撞掉了。雖然裡面的東西沒事，不過包裝卻散了，大概是在緞帶結上的裝飾品……像是人造花之類的東西掉了吧！為了重新把它固定好，就需要繩子才行。」

「咦？繩子？」

我不由得插了嘴。篠川小姐睜開眼睛後，從如山般的書堆中抽了一本文庫本。那是福克納的《聖殿》，新潮社所發行的版本。她將文庫本打開到中間的地方，然後捻起夾在裡面的暗紅色細繩書籤。

我恍然大悟地驚叫出聲——原來如此。

「新潮文庫裡一定會有這條細繩書籤……書籤繩，過去雖然大部分的文庫本都會附，但如今只有新潮文庫才有。在《拾穗．聖安徒生》裡面也同樣有著這樣一條暗紅色書籤繩，妳就是為了這條書籤繩才會偷了那本書。」

「……妳是不是躲在哪裡偷看？」

小菅奈緒喃喃地說道。

「沒有。」

「那麼，為什麼連緞帶的顏色、裝飾的東西都知道……紙袋裡面的東西只有我才知道啊，就連西野都沒看過。」

「發覺妳使用了書籤繩之後，自然就會知道緞帶的顏色。紙袋也是暗紅色，所以我猜裡面的包裝顏色應該也互相搭配了吧……而且，文庫本裡面的書籤繩並不長，所以能夠修的東西相當有限。」

篠川小姐將《聖殿》闔了起來，放回床邊的書山中。

「一開始，妳應該是想用手來撕下書籤繩，不過，書籤繩並非那麼容易就可以撕開。無計可施的妳只好向路過的男生借了一把剪刀，剪開書籤繩後完成修復工作……這時書應該已經沒有用了，不過因為有人在旁邊，所以不好意思當場丟掉吧。最後妳選擇先把禮物送出去，書就先偷偷帶著，直接往公車站的方向跑去……」

篠川小姐說到這裡時，稍微停了一下。

「……結果，對方並沒有收下禮物，妳也忘了把書丟掉，就這樣離開了公車站……到此為止的說明，有沒有哪裡說錯？」

像是渾身虛脫般，小菅奈緒突然蹲了下來。在接下來的一小段時間中，沒有一個人開口說話。

「……知道這麼多啊！」

少女把頭埋在膝蓋間，有氣無力地喃喃說道：

「難道，就連我不想把書歸還的原因……也知道嗎？」

「雖然沒有十足把握……不過，拿回家後妳並沒有把書丟掉。雖然有歸還書的意願，但卻不願意說明清楚，把這些地方加起來推測的話……」

不知不覺間，篠川小姐的聲音變得相當輕、相當溫柔。

「……現在，妳應該正在看那本書，對吧？」

少女抬起頭來，耳根子變得有點紅。接著，像是對自己的心虛感到難為情一般，將目光從床上轉開。

「我原本沒有打算要看，我並不喜歡看書……不過，在丟掉之前，書稍微翻開了……」

「……翻到了《拾穗》這故事的頁面對吧？」

篠川小姐接口說了下去。原來是這麼回事啊，我恍然大悟。那是志田鍾愛的書，所以在他喜歡的短篇頁面上應該也留下經常翻閱的痕跡吧！

「在那篇小說中，有一個十幾歲的少女送生日禮物給男生的段落。」

我也大致了解事情的狀況了。不小心看到了和自己年紀相仿的少女贈送生日禮物的情節，會受到吸引自然不奇怪。

小菅奈緒就這麼蹲著，雙臂和下巴放到膝蓋上。犀利的眼神變得柔和後，臉龐還看得出孩子般的稚氣模樣。

「雖然心裡還不是很清楚到底喜不喜歡，不過，只是覺得他很特別所以才送了禮物……完全不知道那傢伙竟然討厭我，算了，真是浪費時間和精力呢。」

少女的口氣顯得相當釋懷，不知道到底是在勉強自己，還是真的已經看開了。

「那個故事的情節還真是異想天開呢，一開始覺得怎麼會有那樣的女孩，不過，正因為作者也知道那是幻想才寫下來的吧！因為這件事太明顯了，才會覺得那是一篇好故事……我現在正在看那本書裡其他的故事，每段故事都讓我有這種感覺。」

少女把手撐在牛仔褲的膝蓋上，一鼓作氣地站起身來。她口中所說的感想和志田對那本書的想法有異曲同工之妙。雖然年紀、性別和境遇都完全不同，但是喜歡同一本書的人，或許都具有相似的感性吧！

「……關於偷書與剪斷書籤繩的事，我在此說抱歉。」

少女道歉。

「如果不介意書籤繩被剪斷的話，明天我一定會把書帶來。因為只剩一點就看完了……」

「那可不行。」

篠川小姐以平靜卻清晰的聲音，打斷少女的話。面對訝然不已的少女，篠川小姐接著說道：

「不要拿給我們，應該直接還給失主才對。那本書的失主叫志田先生，和妳一樣都是非常喜歡《拾穗》的人，如果妳能夠好好道歉，把自己的想法傳達給對方，相信那位先生一定會原諒妳的。」

這時我總算察覺到，打從把對方叫到這裡來開始，篠川小姐就希望少女能夠親自向志田本人道歉。與其我們代為歸還，讓少女親自去道歉才是最好的選擇。這麼一來，志田一定也會感到高興才對。

「……我知道了，就這麼辦吧！」

小菅奈緒毫不遲疑地點頭答應。

數日後的早上，我帶著小菅奈緒來到鵠沼海岸。來自縣外滿載著觀光客的車輛，將沿海的國道塞得水洩不通。岸邊傳來了海浪的波濤聲，外海上有幾個衝浪的風浪板正在滑行。

提到要請少女直接去還書時，我就該想到小菅奈緒完全不知道志田住的窩在哪裡，一定要有人帶她過去才行，這個任務除了我之外也別無他選。

從國道折返，進入引地川沿岸的小巷後，行人立刻變得疏疏落落。

今天小菅奈緒確實把書帶來了——不對，雖然沒有親眼看到，不過她的手上提著一個頗大的紙袋。我當然也事先跟志田提到我們今天會過去，請他在住的地方等我們。

走路時，小菅奈緒幾乎沒什麼開口，連我都可以明顯看出她的心情相當緊張。

「……應該是在那裡。」

我往鐵橋的下方指去。在混凝土橋墩旁邊，有一間由藍色塑膠帆布搭建、類似房子的住所。就像在證明我說的話一般，一個理著小平頭的中年男子，穿過帆布入口走了出來。

志田的模樣讓小菅奈緒稍微瞪大了眼睛，不過，那也只是一瞬間的事。

「……到這裡就行了，接下來我一個人過去。」

少女說完後，就快速地往混凝土的防波堤斜面跑了下去，我則急忙跟了上去。雖然少女要我到這裡就行了，但總是要盡守望到最後的義務。志田此時也發現我們，將掛在脖子上的毛巾拿下。少女在志田的面前停了下來。

「……我叫小菅。」

「我是志田，早安！」

志田也自我介紹。少女以彆扭的動作從紙袋中取出包著布書套的文庫本，雙手拿到志田的面前說：

「這本書還你，偷了你的書很抱歉。」

志田默默地把書收下，像是要確認般取下書套。可以看見小山清《拾穗・聖安徒生》的書名，因為年代久遠，所以都已經變成了咖啡色。志田啪啪啪地翻開頁面，輕輕摸著書籤繩被剪斷的地方說：

「……啊，真是可憐啊！」

志田嘆了一口氣。小菅奈緒眉頭微蹙，目光低了下來。

「無論如何都沒辦法將書籤繩復原，真的非常抱歉……」

「不是的，我不是為書感到可憐。」

志田搖了搖頭。

「咦？」

「是妳，都已經努力到這種地步了，竟然還無法讓對方收下禮物。」

出其不意的一句話，讓少女整個人呆立不動，表情也漸漸僵硬了起來。

「我只是來道歉而已。」

她像是努力要壓抑住內心的情感般低聲說道：

「我不需要同情……那種事已經無所謂了。」

「不對，怎麼會無所謂。妳的感情遭到蹂躪、受到傷害……那是無庸置疑的事，不需要說那種謊話。」

志田靜靜地說道。我可以明白小菅奈緒感到退卻的心情。

「我……我沒有說謊……」

「不需要說那些逞強的話，平常和妳有關聯的人現在都不在這裡……如果妳願意，可以跟我說說看到底發生了什麼事嗎？」

小菅奈緒緊咬著牙關，肩膀也微微顫抖。

「那種事說了也沒什麼意義……根本就不會有什麼幫助，不是嗎？」

「也對，或許不會有什麼太大的幫助。」

志田毫不遲疑地點頭說道：

「不過呢，有些時候把心裡的話告訴別人之後，會變得輕鬆不少喔……就像《拾穗》裡面不是也有寫嗎？『不要管是不是能對什麼東西有幫助，只要我們能夠變成彼此互相需要的關係，該有多好啊』。雖然天真，卻也很觸動人心，不是嗎？如果有什麼悶在心裡的事，不管什麼都可以說給我聽。」

這時少女突然緊閉起雙眼，張大嘴巴。我還以為她是要當場大叫，但是之後出現的發展卻令人意外。

撲簌簌地，少女開始掉淚，連一點哭泣聲都沒有。那是無聲的淚水。

之後的一小段時間，我們誰也沒開口，遠方的波浪聲一陣陣傳來。不久，志田面朝著我說：

「你可以回去了喔！接下來就讓我們兩人單獨聊聊吧！」

「什麼？」

我睜圓了雙眼，讓他們兩人單獨在一起沒問題嗎——並不是覺得志田會對這個少女做出什麼奇怪的事啦，只是覺得放著哭泣的女高中生不管，自己直接回家這樣真的好嗎？

「這樣可不行……」

「你是局外人，不是嗎？幫我找回書這件事，改天一定會向你道謝。」

志田一副受不了的表情說完後，又繼續向小菅奈緒表示：

「妳想要怎麼做？希望這傢伙留下來嗎？」

少女毫不遲疑地搖頭，帶著鼻音說道：

「……你可以回去了。」

兩位當事者都這樣說了，那也沒辦法。我帶著被排擠的心情離開河邊。

之後幾天都沒有發生什麼事。

我完全不知道志田和小菅奈緒到底說了些什麼。跟篠川小姐報告之後，她也只是說了一句「這樣啊」就再也沒有下文，就像對這件事已經不再感興趣了。算了，就像那時志田說的一樣，我們都是局外人，沒有繼續插手的理由。

不過，隔了一週之後，卻從出現在文現里亞古書堂的背取屋笠井口中，聽到了一件令人在意的事。那就是笠井去鵠沼海岸的橋下拜訪志田時，並沒有看到對方的身影。

「雖然行李都還在，不過卻沒有看到他的腳踏車，感覺像是離開好幾天的樣子……有點令人擔心呢。」

笠井略顯憂慮地說道。如果人在收容機構的話還好，不過，應該還不至於遭到什麼意外或牽扯上什麼事件才對。

或許跟篠川小姐商量一下比較好，不對，還是先寄封簡訊給小菅奈緒問一下。我邊胡思亂想邊工作著，到傍晚時，志田本人卻突然出現。

「喔喔！好久不見，有在認真工作嗎？」

他帶著好心情靠近櫃檯，臉卻曬得愈來愈黑，原本的小平頭已經開始長出斑白的頭髮。衣服也比之前遇到時更髒，有如剛從災難中歷險歸來的模樣。

「之前真是受你照顧了，就是這本書。」

志田邊說邊從帆布製的袋子中拿出包著書皮的文庫本，將封面朝向我。那是小山清的《拾穗・聖安徒生》。

「你回去之後，我們在河邊談了很久喔！興高采烈地談論著小山清的故事……她雖然不怎麼親切，不過卻是一個好孩子。」

志田靜靜地說著，然後像是突然想起什麼似的，從包包裡拿出一個紙做的束口袋放在櫃檯上。看來像是禮物，袋口上還綁著漂亮的緞帶。

「她還給了我這個。說是剪斷書籤繩的賠禮……你打開看看裡面。」

這麼說來，如果放一本文庫本的話，那天的袋子稍嫌大了點，所以或許放了禮物吧。緞帶上有著解開過的痕跡，我傾著頭打開袋子後吃驚地睜大了雙眼。裡面放著小小的指甲剪和金屬製的掏耳棒。

「很貼心對吧！因為不是很貴重的物品就更令人這麼覺得。」

志田笑嘻嘻地說著。連我也知道這代表什麼意義。這禮物和《拾穗》中少女送給主角的東西一樣。仔細一看，發現志田的指甲今天剪得很乾淨，似乎馬上就把禮物拿來用了。

「這本書能夠拿回來，全是店長小姐的功勞。那少女也說了喔……店長小姐明明一直在醫院裡面，卻能夠從頭到尾完全說中。」

接著，他略微遲疑一下又補上了一句：

「……她說準得令人毛骨悚然呢。」

我稍微有點不滿。雖然從頭到尾都說中的人的確是她沒錯，但是我也出了很多力氣啊。

「總之，能夠這麼快就找到書，那本領實在非比尋常。非得向貴店道謝才行……所以呢，就是這本書。」

志田收起指甲剪和掏耳棒，拿出一本文庫本交到我的手上。那本書並非小山清的那本書，雖然看起來新很多，不過好像也不是最近的書，是彼得·迪金生的《行屍走肉（Walking Dead）》，三麗鷗ＳＦ文庫。沒聽過，不過好像是本科幻小說。

「這是什麼？」

「還問我什麼，你是笨蛋嗎？當然是拿來賣的書啊！」

志田拉起嗓門大叫：

「那本書就讓你們自由決定價格，就算是一圓也賣給你們。」

我往下看了一眼《行屍走肉》，薄薄的紙質，有點廉價的感覺。定價是四八〇圓。雖然看起來不像是高貴到足以讓志田拿來炫耀的東西，但總之還是先拿給篠川小姐鑑定看看。

「這幾天你都到哪裡去了？」

「當然是工作啊，到處尋覓之後，最後找到的就是這本書……你也該說聲謝謝吧！」

為什麼要我道謝？你不是為了道謝才拿來的嗎？

「……謝謝你！」

我姑且低頭行了個禮，覺得為他擔心的自己還真是個笨蛋。

前往醫院已是書店打烊後，天色剛暗下來。坐在病房床上開著筆電的篠川小姐，生硬地向我鞠了個躬。

「您……您辛苦了……」

她說完後就陷入沉默。我在店裡工作已經過了一個多星期，不過，我們幾乎不曾談論過書以外的事情。

「……妳也辛苦了。」

再度陷入沉默。明明有機會可以經常見面，但如果沉默相對也毫無意義，所以，還是先跟她閒話些家常吧。

「篠川小姐，受傷的狀況如何了？」

「……受傷嗎？」

「妳之前不是有說過去了復健室？」

「是……是有說過……算是……在復健。」

她低著頭輕聲回答。

「為什麼會受傷呢？話說起來我好像一直沒問過。」

感覺她的腰上好像穿著束腹之類的東西，不過雙腳卻沒有敷石膏。我聽說過是腳受傷，但或許已經復原了吧！

「……」

她忸忸怩怩地似乎想要回答，最後卻什麼也沒說。我不由得有點失望，原本想我們之間應該已經變得熟稔多了，但竟然連閒話家常都還沒辦法啊。

「那……那個……」

這時篠川小姐突然開口說話，像是被自己的聲音嚇到般縮起脖子。

「我……我除了談論書的事情以外，並不擅長說話，不……不過，和五浦先生您……還算是比較談得來……」

我得稍微思考一下才行，如果這算是比較談得來，那麼平常的情況應該相當不妙吧！

「那個……您該不會想要辭職吧？」

「咦？」

「因為我和五浦先生您……一起工作時比較順……」

我的雙眼緊緊地注視著篠川小姐，我知道她想要表達什麼。答案想都不用想——雖然她是一個非比尋常的怪人，不過，能受到她如此青睞讓我相當高興。

「我不會辭職啦，還可以聽一些書的故事。」

對於想看書卻無法如願的我來說，這裡是一個千載難逢的環境。雖然，多少會想要抱怨一下薪水。

「啊，對了！」

此時，我突然想起來這裡是要講書的事情，從紙袋中取出了志田拿來的彼得・迪金生的《行屍走肉》。

「今天志田大叔有來店裡，他說要賣這本書，所以先寄放在這裡。」

她略帶畏縮的目光揚起，看向我拿出的文庫本——眼鏡下的雙眼為之一亮，表情也變得容光煥發。和以前一樣，就像被按下開關似的一百八十度大轉變。

「啊，是《行屍走肉》呢！」

下個瞬間，我手上的書立刻消失蹤影，出現在篠川小姐的手上。她就像是沉浸在幸福中的小女人一樣，洋溢著笑容從各種角度欣賞手上的文庫本。封面上印著的黑衣女子圖案，就這麼在我眼前轉啊轉地。

「志田先生是從哪裡找到這本書的呢……有聽他說些什麼嗎？」

「不……沒聽說。這是很稀有的書嗎？」

「三麗鷗ＳＦ文庫以專門出版書痴們才會喜愛的作品而享有名氣，發行了許多在日本鮮為人知的非英美系科幻小說和奇幻文學。不過，實在是因為銷量不佳，只撐了差不多十年這個文庫就停刊了。這個文庫出版了許多獨家的翻譯小說，也有不少科幻書迷會收集這個文庫發行的所有作品。」

整個人變得神采飛揚的她，口若懸河地向我說明：

「這本《行屍走肉》在其中屬於發行數量特別少的一本，不但很少在舊書市場裡流通，我們店裡甚至到目前為止還不曾進過。」

好像可以稍微了解她之所以會這麼興奮的原因了。總而言之，就是相當稀少。可能和之前的那些文庫本差不多珍貴吧！

「大概可以賣多少呢？這本書！」

「這個嘛……天地和側邊書口都沒有泛黃，封面也很乾淨……所以大概五萬圓以上……」

我已經說不出話來了，就這麼一本文庫本？居然是作夢都想不到的高價。這麼稀有的東西，志田卻說「就算是一圓也賣給你們」——這對舊書店來說可算是相當大的厚禮了。為了取得這本書，他一定花了不少工夫才對。

「關於小菅同學，志田先生有說什麼嗎？」

篠川小姐一邊翻閱文庫本，同時問道。

「嗯，他們之前好像興高采烈地談論過小山清的故事。」

把指甲剪和掏耳棒拿出來獻寶的志田，看起來真的是打從心裡感到高興的樣子。也有部分原因是因為遇到了志同道合的人吧！

「志田大叔有收到那個少女的禮物喔！那禮物是……」

「指甲剪和掏耳棒，對吧？」

她不假思索就說出正確答案，讓原本還得意洋洋想繼續說下去的我一陣愕然：

「咦？為什麼……」

突然間一個想法閃過腦海，讓我的問題問到一半就停了下來。在這裡和小菅奈緒說話時，這個人就讓小菅奈緒知道志田也喜歡《拾穗》，之後接著說——如果妳能夠好好道歉，把自己的想法傳達給對方，相信那位先生一定會原諒妳的。

如今想來，或許她便是設計好讓小菅奈緒去送指甲剪和掏耳棒的。她推測如果這麼做，志田就會高興地原諒少女。

我注視著雙眼散發著天真光芒的篠川小姐側臉，回想起剛才在店裡收下寄放的《行屍走肉》後，志田在臨走之際所說的話。

「這次受你們照顧了，真的非常感謝！只不過……」

志田有點吞吞吐吐，臉上浮現正經的嚴肅表情說道：

「店長小姐本領這麼強反倒令人擔心，有時候腦筋太過靈活反而會出問題呢。她看起來不像是會注意到這些事的人，所以你再稍微留意一下吧！」

那時我覺得志田太過擔心了，她不過是因為出於對書的喜愛才會這麼做。不可能會引起什麼麻煩吧！

雖然，我到現在想法也沒有改變——不過，關於指甲剪和掏耳棒的事卻讓人有些在意。我很清楚她沒有惡意，但也不能否認她試圖將自己的想法強諸於人身上。如果，受她影響的人知道這件事，應該也會不好受吧！

如果以後還要繼續和她一起工作的話，或許稍微留意一下會比較好。

繼續翻閱頁面的篠川小姐張開嘴唇，發出微微的氣息。

似乎是想要吹口哨吧！但本人還是毫無自覺的樣子。

第三話

維諾格拉多夫／庫茲明

《邏輯學入門》（青木文庫）

因為敲了門後無人回應，所以我直接打開門進入病房中。

西曬陽光從窗外照進個人病房內，一時間我竟找不到病床，因為一半以上已經被隱藏在愈堆愈高的舊書高塔中。病床上也看不到病人——我的雇主篠川栞子小姐。

或許正在復健中吧！這個時間她常常不在病房裡。或許是急著離開，筆電就這樣開著放在枕頭邊，就算是在醫院也實在太不小心了。明明床邊的架子上就有一個小保險箱，不過，她似乎沒有打算使用。

我弓著背鑽進門裡。最近的例行工作就是早上在店裡看店，傍晚再把客人寄放的舊書拿到這裡來請篠川小姐幫忙鑑定與鑑價，然後再拿回去跟客人交涉，若收購成功就放入店裡販售——我的工作就是像這樣的循環。

「您……您好……」

一道輕聲的問候傳來，我回頭一看，敞開的門外有一位身穿藍色睡衣，還披著開襟針織毛衣的女子坐在輪椅上。女子長髮飄逸，臉上戴著一副粗框眼鏡，似乎對我的視線感到不知所措，低下頭來扭動著背。

「啊，妳好！」

我急忙退到旁邊好讓輪椅進入病房，推著輪椅的中年護士也一起進來。護士板著臉孔，避開障礙物，將輪椅推近病床。雖然她的動作不是很粗魯，不過其中一個輪子撞到書盒，堆積在床上的《日本思想大全》高塔搖搖欲墜。

「啊！」

兩名女子同時開口叫了出來。篠川小姐望著書，護士則望著輪椅，兩人憂心忡忡地各自確認狀況。

「……請把這裡的書收一些起來，之前不是也說過了嗎？」

護士邊幫忙著篠川小姐從輪椅移動到床上，邊嚴厲地提醒著。護士之前果然警告過她了，我也深感贊同，這是理所當然的吧！

「……是……是的！對不起，我會注意……」

床上的篠川小姐鄭重地低頭道歉——她是否真會注意實在令人存疑，這個美女是個無可救藥的「書蟲」，看書對她來說就像呼吸般重要。之前提醒她時不也完全無動於衷嗎？事到如今再多提醒應該也無濟於事吧！

「你也多少注意一下！」

護士突然把矛頭轉向我。悠哉地看著兩人互動的我，不由得挺直了腰。

「……我嗎？」

「是的！來探病就不要拿這麼多的書過來，不能因為是女朋友就這麼寵著她。」

「咦……」

我無言以對。護士疊起輪椅後，盡可能地靠放在床邊，又瞄了我們一眼後才離開房間。病房裡殘留著尷尬的氣氛。

「……還真是傷腦筋呢。」

我以含糊的措辭打破沉默。

我們當然不是男女朋友——只不過，也並非單純的店長與店員的關係。想和他人分享書的故事卻無法如願的她，能夠海闊天空地與我暢談；想看書卻無法如願的我，能夠盡情地聆聽書中的故事，這就是我們兩人間互助合作的關係。

「就……就是說啊，還……還真是傷腦筋。」

篠川小姐在病床上擠出聲音，連耳根都燒紅了。

「……對……對五浦先生來說，我要是女……女朋友，會很為難。」

「不不不不，不是這樣的！」

正要附和的我，連忙加以否定：

「我是說被誤解很傷腦筋，不是我自己感到為難！完全不為難！我反倒覺得很高興……」

我又是一驚，趕快閉起嘴來。還真是曖昧的發言，怎麼感覺像在告白一樣！

「啊……我也是……這麼想的。」

她如此回答道。到底是哪裡的想法和我一樣呢？還真是令人想追問下去。是「被誤解很傷腦筋」的這部分，還是一直到「我反倒覺得很高興」的這個地方都相同呢——不過，就在我思考著該如何詢問時，最佳的時機就已經溜走了。

「復……復健進行得如何了？已經可以順利走路了嗎？」

結果，我很沒用地提起不相干的話題，剛剛的話題就這麼敷衍過去了。

「……嗯……是的，可以……扶著東西稍微走一些……」

「出院時間決定了嗎？」

「還沒，好像是……下個月左右吧！」

「這樣啊！」

我回答著。旁人看來這似乎根本不是什麼熱絡的對話，不過和過去相比，這已經算是進步神速了，因為，這個人原本就不擅長談論和書無關的事情。

差不多該漸漸進入工作的話題了，坐在圓椅上的我，從紙袋中拿出一本文庫本遞給她看。

「……請鑑定一下這本書。」

維諾格拉多夫／庫茲明（Vinogradov, Kuzmin）的《邏輯學入門》，是相當舊的一本書，封面的邊緣與書的邊角都有磨損，狀態不能說好。

「啊，這是青木文庫呢！」

即使書況如此，她還是帶著陽光般的笑臉把書收下。雖然說她的反應一如往常，不過真的就像換了一個人般的變化。就像撫摸小狗的頭般，她輕撫著封面說道：

「好久沒看到了！這個文庫現在已經沒有了呢！」

的確，我還是第一次聽到青木文庫。這本書也是絕版文庫吧？

「是可以賣到好價錢的書嗎？」

「不是的……並非如此。」

她有些惋惜地搖搖頭。

「咦？不過，這是很罕見的書吧！」

「雖然是本好書，不過並不符合舊書市場的需求……而且這本書的狀態也不是很好，大概只能賣五百圓左右吧！」

我瞪大雙眼。和之前背取屋志田拿來的三麗鷗ＳＦ文庫相比，價格真是天差地別。

「青木文庫是在一九五〇年代開始，大約在三十年之間所出版的綜合文庫。很多社會科學的理論書、過去共產圈的文學作品等，都是出自這個文庫。如同《邏輯學入門》這個書名一樣，這是一本邏輯學的解說書，長期不斷再版，是本長賣書……書主是怎樣的一個人呢？」

「這個嘛，大約五、六十歲，穿著西裝……」

說到這裡我就停住了，因為就算回想起那位客人，也沒辦法三言兩語間就說清楚。

「……怎麼了嗎？」

「其實，有些事情想說給妳聽，那個客人似乎有些奇怪……」

「奇怪嗎？」

篠川小姐傾著頭感到不解。

「嗯，這就說來話長了……」

時序才剛進入九月，那個男人卻已穿著整齊筆挺的西裝，領帶還打到喉嚨附近；頭髮梳得服服貼貼，鬍子也剃得很乾淨，看起來有如地方銀行的分行主管，不過，卻戴了一副深色的太陽眼鏡，感覺有些突兀。

男人進入店裡後，沒有左顧右盼直接走到櫃檯。他雖然長得高高瘦瘦的，不過，皮膚有點黝黑，看起來很健康。

「我想請你們買下這本書。」

對方以低沉響亮的聲音，一字一句地清楚說著，同時將《邏輯學入門》放到櫃檯上。我在腦中稍微修正了銀行員的印象，感覺他也很像是資深的播音員或解說員。

「因為負責人不在，所以書需要先在這裡寄放到明天，這樣可以嗎？」

我總算能夠不結巴地向客人說明了。經過這三個星期，已經稍微習慣接待舊書店的客人了。

「沒問題！」

「謝謝！那請在這裡填上姓名和地址。」

我將購書單和原子筆放到櫃檯上，以手指指向姓名欄和住址欄。男子拿下太陽眼鏡，拿起筆後開始振筆疾書。他名叫坂口昌志，一九五〇年十月二日出生，住在鎌倉隔壁的逗子市。

男子雖然穿著整齊，不過字卻寫得不怎麼樣。或許是想要仔細寫清楚吧！字還超出欄外。

這時，我不經意發現，坂口右眼眼角下有一道明顯的傷疤，或許帶著太陽眼鏡就是想要遮住這道傷疤。

那不像是這幾天才受傷的疤，為原本嚴肅的臉龐增添了幾分可怕。如此一看，更產生不同的感覺。穿著整齊的西裝、一口異常低沉的口音、臉上帶著傷疤的男人——整體的印象讓人完全搞不清楚他到底從事什麼工作，是怎樣的人。而購書單的職業欄上，只寫著「公司職員」。

「這樣可以嗎？」

「啊，可以！」

「收購價格多少都無所謂，不過要是賣不出去，我就想要帶回去。」

「了解了。」

「我明天中午會再來這裡一次，希望到時能夠鑑定完畢，如果預定有變的話，到時候會再聯絡。我的話就說到這裡，貴店有什麼要補充的嗎？」

我沒有什麼事要補充，甚至沒事到讓我隱約覺得不安。

「沒有，我們這邊沒什麼特別要補充的。」

「這樣嗎，那就拜託了！」

坂口再度戴上太陽眼鏡，抬頭挺胸地邁步走出文現里亞古書堂。

「……似乎是個相當有條不紊的人呢。」

當事情說到這裡告一段落後，篠川小姐開口說道。

「是啊，非常有條不紊，不過卻有點怪怪的……該怎麼說呢，感覺似乎太過刻意了。」

坂口的行動並不怪異，但不假思索就立刻回答的這點卻令人在意。感覺他似乎已經事先模擬好所有對話內容，該怎麼回答也都想好了。或許，他只是一個說話極端有條理的人也不一定。

「您會覺得他很奇怪，應該還有其他理由吧？」

她的話讓我吃了一驚——這個人的第六感真的很準。

「是的，還有下文。」

我如此說道。沒錯，問題就從這裡開始。

「坂口先生回去之後，大約過了一個小時左右……」

我記得當時應該是下午兩點多沒錯。那時我正和出現在文現里亞古書堂的背取屋笠井交談，他表示透過網路收到了舊書收購委託，不過，對舊書不熟的笠井不知道該如何處理。雖然他已經先請志田幫忙，但是，也想麻煩文現里亞古書堂看看是否能協助，當然會給予適當的回報——

正當我覺得這筆生意應該可以做的時候，店裡的電話就響了起來。

「屢蒙關照非常感激，這裡是文現里亞古書堂……」

拿起話筒，才剛自報名號時，震耳欲聾的聲音就在耳邊響起：

「喂喂！舊書店嗎？你們有在收購書對吧？今天有沒有一個叫坂口的人拿文庫本來賣？人高馬大、一張撲克臉，說起話來一板一眼的大叔，名字叫坂口昌志，坂是土字旁再加上相反的反，出入口的口，雙日昌，然後志氣的志，昌志……」

張口結舌的我，差不多到了此時才回過神來。

「那個，不好意思，請問您是哪位？」

「我是坂口的妻子……啊……這麼正式跟人家介紹還真是害臊呢，呵呵呵呵，討厭啦！」

不知為何，她回答時還夾雜著笑聲，這個人的情緒到底是怎麼回事啊？坂口這個男人已經夠怪了，這個自稱他妻子的女人更奇怪。應該說這個人真的是他的親人嗎？輕易告訴她坂口有過來沒問題嗎？

「怎麼樣？有來過嗎？我家那口子。」

我揉著眉心開始沉思。既然知道坂口的名字，也知道他過來賣書的事，應該真的是他的妻子吧！或許對方有什麼緊急的事要聯絡。

「……是的，他有蒞臨敝店！」

「喔！是嗎，那麼那本文庫本已經收購了嗎？該不會已經賣給其他人了？」

「沒有，還只是寄放在我們這裡而已，接下來會請負責人鑑定。」

「什麼時候會鑑定？」

「今天傍晚……」

「那麼，我家那口子還會過去囉，今天嗎？還是明天？」

「明天。」

「我知道了！真的非常感謝！你怎麼稱呼？」

「我叫五浦。」

「五浦先生嗎？五浦先生，那麼就先這樣，下次見！」

「咦？」

我反射性地回問：「『下次見』是什麼意思？」不過，對方已經掛掉了電話。

「……還真是個精力充沛的人呢。」

篠川小姐的回應還真是保守。這算是精力充沛嗎？應該說是情緒莫名其妙吧！

「妳覺得如何？這對夫婦，應該有什麼內情吧！」

篠川小姐將拳頭放在唇邊，沉思了半晌後，提出意想不到的問題：

「坂口先生的妻子講完電話後有來店裡嗎？」

「沒有，為什麼妳會這麼認為？」

「因為她說了下次見，我覺得應該是要來店裡的意思。」

「咦？」

這麼一說，也可以認為對方是這個意思沒錯，她也確認了接電話的我的姓名。

「不過，她來店裡要做什麼？」

「應該是打算在我們正式收購之前，把書拿回去……因為她確認了何時會鑑定與丈夫何時會再來店裡。」

「啊……」

原來如此，如果把她那滔滔不絕的單方面發言拿來思索的話，篠川小姐的推測雖還不能令人心服口服，不過，大致上還說得通。

「這麼說，那是妻子的書嗎？」

「為什麼您會這麼認為呢？」

「她是想阻止我們收購吧，因為自己的書要被賣掉……」

「我覺得並非如此。」

篠川小姐搖搖頭表示：

「如果是這樣，應該會立刻向五浦先生您說明緣由才對……她不像是會壓抑自己感情的人，對吧？」

「……這樣啊！」

她完全沒有生丈夫氣的模樣，反倒在自稱妻子時還笑得很開心。如果書被丈夫擅自賣掉，應該會稍微抱怨一下才對。

「嗯？不過這樣的話，應該就是那個叫坂口的人打算賣掉自己的書，但他的妻子卻擅自想要阻止囉？」

「是的，應該就是這樣。」

「那樣不是很奇怪嗎？她為什麼要這麼做呢？」

篠川小姐讓我看《邏輯學入門》的封面，書名底下大大地印著一個半月形的藍色圖案。過去的書就是這樣吧，封面感覺很不起眼。

「我想這本書裡一定隱藏著什麼祕密。」

她如此說著，同時開始翻開內頁。我也伸長身子瞄了一下，不過，和《漱石全集》那時不同，書裡面並沒有什麼簽名。每一頁都沒有人為的字跡，書的狀態不佳應該是經常翻閱，而不是受到粗魯對待吧。

「請問，邏輯學到底是什麼？」

我開口問道，雖然這是個粗淺到極點的問題，不過，篠川小姐似乎沒有特別在意的樣子。

「這本書中解說的內容是數理邏輯學，怎麼比喻呢……舉簡單的例子來說，A等於B、B又等於C，所以A就等於C，像這樣……」

我開始在記憶中搜尋，似乎曾經聽過這個理論。

「……這是不是叫三段論法？」

「是的，以數學符號來解釋邏輯理論，就稱為數理邏輯學。這本書是翻譯自俄羅斯……當時還是蘇聯，學校裡所使用的教科書。內容當然是數理邏輯學的入門書，不過，例題中有出現『勞工』、『集體農場的農民』等內容，相當有意思。書中經常會引用史達林的著作。」

聽到邏輯道理，讓我想起了那個名叫坂口的男人，就是因為喜歡看這本書，所以才會變成說話如此條理分明的人吧！

「……這是初版呢。」

篠川小姐翻開最後的版權頁如此說道。我再挺直身子看了一下，上面寫的是一九五五年七月一日初版。

「坂口昌志先生好像不是在新書書店中購買這本書的。」

「為什麼妳會知道呢？」

篠川小姐將書中我夾入的購書單抽了出來，以食指指著出生年月日欄。坂口昌志，一九五〇年十月二日出生——原來如此。這本書初版時坂口昌志才五歲而已，這本書不像是幼稚園兒童會買來看的書。

「那麼，是在舊書店買的嗎？」

「或者是別人送的……啊！」

這時候，篠川小姐突然發出一道尖銳的叫聲，之後像是被自己的聲音嚇到一樣，連忙捂住嘴巴。她會發出這樣的聲音還真是罕見。

「……啊，對不起。」

她的目光完全沒有離開《邏輯學入門》的最後一頁。像是要遮住新刊介紹一樣，上面貼了一張類似標籤紙的東西。右側印著「私書閱讀許可證」，上面有幾欄可以填寫的欄位，「書名」、「持有者」、「許可日」、「房舍」。「書名」欄上寫著《邏輯學入門》，「持有者」欄上寫著「坂口昌志」。不知為何，名字上面還寫著「一〇九」的數字。

「許可日」是四十七年十月二十一日，年號可能並非西元而是昭和吧！從上個月《漱石全集》的那件事之後，我就學會了如何換算年號。昭和四十七年就是一九七二年，今年是二〇一〇年，所以這張標籤貼上的時間，應該已是距今四十年前左右。

「這張標籤到底代表什麼意思呢？」

標籤紙看來不像是圖書館的借閱卡。「私書」、「房舍」這幾個不常看到的名詞，還挺令人在意的。

篠川小姐並沒有回答我的問題，只是帶著凝重的表情注視著「私書閱讀許可證」。

「篠川小姐？」

稍微加大聲量呼喊她之後，篠川小姐總算開口：

「……我在整理舊書時，偶爾會看到這個許可證。」

她帶著似乎有點難以啟齒的沉重語氣說道：

「監獄的圖書館等地方借給受刑人看的書，稱為『官書』，而受刑人個人擁有的書籍則稱為『私書』……這個就是貼上『私書』的許可證。」

我默默地俯視著「私書閱讀許可證」，注視了片刻之後，才了解這個許可證的意思。而這個許可證上有坂口的名字就表示——

「他曾在監獄服刑過嗎？」

「……恐怕是這樣，這個『一〇九』應該就是受刑人的號碼。」

是了。

「不會吧，怎麼會……」

那個男人的確很怪，但看起來卻不像是會作奸犯科的人。不過，我也不曾見過有前科的人就

「……要不要調查看看他是否真的服過刑？」

「咦？可以查得到嗎？」

「或許查得到一些線索。」

篠川小姐將放在邊桌的筆電拿到自己身前，以我也能看到的角度啟動電腦。原本有點期待能夠看到可愛的桌面，不過，螢幕上出現的卻是書的封面，還真是令人失望。書名是《晚年》，篠川小姐真的很喜歡看書呢，驚訝之餘更讓我佩服不已。

「那……那個，請不要看桌面……」

她滿臉通紅地打開瀏覽器。筆電側面插著無線上網的行動網卡，以便從這間病房也可以連上網路。連上的網站是知名報紙的資料庫，篠川小姐立刻在搜尋欄上輸入「坂口昌志」。

「啊！」

我很快就明白她的企圖。只要「坂口昌志」有犯下什麼案件，報紙或許就會報導。我完全沒想過要用這樣的方法來調查。就這樣屏息凝視著搜尋結果。電腦畫面上出現了幾篇大幅報導，全都是同一起事件。新聞日期是一九七一年一月九日，也是那份許可證發出的前一年。

「保土之谷銀行搶劫／光天化日下的追逐戰

八日下午，一名手持獵槍的年輕男子闖入橫濱市的相模野銀行分店，搶走現金四十萬圓後，搭乘停在外面接應的轎車逃逸。在趕到現場的警方追捕下，搶匪乘坐的車輛猛烈撞上一公里外的民宅土牆上才停了下來，並以強盜現行犯罪名遭到逮捕。犯人是住在附近的前工人——坂口昌志（二十歲），現在警方正深入調查中。」

我嚇得目瞪口呆。那個銀行職員般的男人竟然是搶匪——真是愈來愈難以想像，但從報導看來，除了他，也不做第二人想。年齡完全符合，加上其他報導中還有這一段話：

「轎車撞到民宅土牆時，坂口的臉部等處輕微受傷，現正在醫院接受治療。據說，不至於影響事件的調查。」

我想起了坂口眼角的傷疤，一定就是在這起事件中留下的。

「那個人……真的有前科嗎？」

「……是吧！」

篠川小姐嚴肅地重重點頭說：

「不過，在這起事件後，『坂口昌志』這個名字就不曾在新聞中出現過……所以，他犯下的案件應該只有這一起，現在也已經洗心革面了。」

我也想這麼認為。只是要是他現在還沒改邪歸正的話，就令人擔心了。畢竟明天要接待他的人是我啊！

「那麼要收購下來嗎？這本書。」

「與往常一樣收購下來就好了，請告訴他這本書的收購價是一百圓。」

真的與往常的鑑定一模一樣。就如同她所說，不論對方是誰，以相同標準來收購是理所當然的事——不過，要說毫不擔心的話，也是騙人的。

「只是，我有個在意的地方。」

篠川小姐如此說道，同時闔起筆電，把身體轉向我。

「是什麼呢？」

「那就是為什麼坂口先生要賣掉書？還有他的妻子為什麼要阻止他賣掉？」

「咦？不是因為已經不需要了，所以才打算賣掉嗎？」

「不過，這可是他持有了將近四十年的書吧？他說收購價多少都無所謂，所以也不像是手頭不方便的樣子。也不可能因為沒地方放一本文庫本而感到困擾吧……那麼他到底為什麼有必要把書賣掉呢？」

我將手臂交疊於胸。的確，不可能沒有任何理由，就把長期持有的書隨便賣掉。說不定跟坂口妻子電話中所說的事有什麼關係。

這時候，安靜無聲的病房外傳來躂躂躂的腳步聲。就在我們回頭時，門已被用力開啟，一個身材嬌小的女子走了進來。

「午安！店長的病房就是這裡嗎？」

高亢的聲音真可說震耳欲聾。女子身穿紅色連身洋裝，棕色頭髮的髮尾燙得捲翹；雙眼皮、渾圓的臉部輪廓，整體感覺起來很年輕，只不過下垂的眼角和嘴邊都有一些皺紋。她的年紀大概在三、四十歲上下吧，一臉濃妝讓原本平坦的臉硬是表現出立體的輪廓。

唯獨手上那副遮陽的長手套，樸素得讓女子的整體感變得極度不協調。總而言之，看起來就像是上班前的酒店公關小姐。

她瞇起眼睛看了一下病房四周，說道：

「好驚人的數量啊，我還是第一次看到這麼多書呢。那位戴眼鏡的美女就是店長嗎？都已經九月了，今天卻還是這麼熱。我是從大船站那邊走過來的……真受不了……啊，抱歉。還沒有自我介紹就自顧自地嘰哩呱啦起來。」

即便沒有自報姓名，我也知道她是誰。她鄭重地深深低頭行禮：

「我是坂口昌志的妻子忍，請把那本文庫本還給我！」

坂口忍笑嘻嘻地說著，同時擅自將圓椅拉到身邊坐下。在這段期間也完全沒有停口，一直滔滔不絕地說著話。雖然相貌普通，不過她的表情卻十分豐富，感覺是個很容易親近的人。

「我剛才有先到北鎌倉的貴店去了一趟，不過，打工的高中生說，知道這件事的人在醫院，所以我就搭電車到這裡……啊，失禮了。我竟然空手就來醫院！真不好意思呢，店長小姐！」

突然被對方叫到，篠川小姐立刻嚇得滿臉通紅。

「沒……沒關係，不需要那麼客氣。我……我叫篠川……初次見面……」

她怯生生地回答。剛才她就已經稍微挪動了下身體，像是要躲在我的身後一樣。總之，如果不開始談論和書有關的話題，這個人就會一直緊張不已，無法放鬆。我稍微清了下喉嚨咳了咳：

「妳說希望我們還書，是怎麼一回事？」

「你……你就是五浦先生嗎？剛才在電話中講話的人？個子真高呢。比我們家的小昌……啊，不對，是比我老公還高大呢。」

小昌，應該是對坂口昌志的暱稱吧——先不去深究這個暱稱是否和她的丈夫形象相稱。

「是您的丈夫想把自己的書賣給我們對吧？」

「是啊。但絕對有問題！因為突然說要把一直都很珍惜的書賣掉。不管我怎麼問，也不肯說為什麼，要他別賣也不肯聽……所以我就想先把書要回來，才會來這裡。那個，我家那口子說話非常一板一眼對吧？」

「咦？……嗯，算是吧……」

坂口忍常會突然轉變話題，要跟上她的話有些吃力。

「會那樣說話，也是多虧了《邏輯學入門》這本書的樣子。雖然他年輕時非常不懂事，不過，在寺廟修行的時候，高中時代的老師給了他這本書，說是不斷閱讀之後，就變成能這樣條理分明地跟人說話了。那是本非常了不起，甚至可以讓人改變個性的一本書呢。」

一瞬間，我和篠川小姐互相對看了一眼——寺廟？

「……寺廟是怎麼回事？」

「啊——抱歉抱歉。我家那口子二十歲出頭就出家了，似乎在某個類似寺廟的地方閉關了五年左右。雖然他不是真心想當和尚，不過，好像發生了很多事，必須得入寺才行。」

我勉力保持嚴肅的表情，這位太太似乎不知道先生的前科。真是的，還說什麼寺廟啊。

「他說，總之那是一個非常艱苦的地方，圍牆很高，既無法到外面去，即使別人要來會面，也只能短暫見上一會兒而已。當他離開修行地之後，看到外面世界變得截然不同的模樣，讓他大吃一驚。」

我不禁在心裡暗自嘀咕，這不是幾乎把正確答案說出來了嘛。聽到這裡還沒有發現他形容的是監獄，看來坂口忍是那種很容易聽信他人的人呢——

不，並不只是這樣而已。她是打從內心深處信任自己的丈夫。

「總之，我覺得還是不賣比較好。不然將來一定會後悔……吶，放在那裡的那本書，是不是就是我家那口子的？如果還沒收錢的話，應該可以讓我拿回去吧！」

坂口忍從椅子上站了起來，指著篠川小姐放在膝上的《邏輯學入門》，感覺就像立刻要強行拿走一樣。我正猶豫著要不要阻止時……

「非常不好意思，我不能把書交給您。」

篠川小姐斬釘截鐵地說道。不知何時，她已經不再躲在我的身後，雙眼直視著坂口忍。

那正是她開口談論書時的模樣。

遭到強烈拒絕的忍瞪圓了雙眼。

「咦？這是怎麼回事？為什麼不行？」

「這本書的主人是您的丈夫，而您的丈夫希望把書賣掉……身為買賣舊書的人，不能無視客人的意願。如果您想要阻止這樁交易，希望請您直接說服您的丈夫而不是我們。」

篠川小姐緊緊握著書，深深地低頭行禮。坂口忍像是渾身乏力般，腰一沉，坐到椅子上，突然間陷入沉默，但不久之後，她便無力地向篠川小姐笑道：

「嗯，說得也是呢……正如店長小姐所說。我不是很擅長思考，還說了些勉強你們的話……非常抱歉。」

接著，坂口忍嘆了一口氣，面向天花板瞇起眼睛。

「不過，為什麼打算賣掉呢？絕對有什麼地方不對勁吧……他本人什麼也沒說，不知道有沒有人知道呢？」

那還真是不太可能呢。連家人都不知道的事情，又怎麼可能會「有人知道」呢——不，這裡就有一個。我回頭看了篠川小姐一眼，她正是擅長解開這種謎團的人。

「……您和您的丈夫感情真的很好呢。」

篠川小姐如此說道，忍帶著羞怯的笑容，大大地點了點頭。

「嗯！就是啊！雖然結婚到現在已經快二十年了，我們現在還是很甜甜甜蜜蜜呢！」

感情好到要增加一個甜蜜來形容嗎？篠川小姐好像被戳中了笑點，微笑點頭道：

「請問您跟您的丈夫是怎麼認識的呢？」

我知道這是在獲取情報。這時忍的表情突然鄭重起來，挺起上半身靠近我們。

「如果要說起這件事，可能會說很久，可以嗎？」

看到我們兩人默默點頭後，她就毫不遲疑地開始滔滔不絕：

「遇到我家那口子，是在我高中畢業的隔年……」

「那時候我在當酒店小姐……啊，我現在也在朋友開的小酒館幫忙，穿成這樣也是因為等一下要去工作。

以前我和父母相處得並不好，我的父母都是頭腦很好的人，也都畢業於名門大學。不過，我對念書卻完全不行，從小就一直被罵是笨蛋、笨蛋……所謂重視教育的人就是像這樣吧，不過這實在很令我討厭。

高中畢業後我馬上就搬出家裡，一開始也是在普通公司做行政工作。不過，因為做事不得要領，公司覺得我沒什麼用，半年之後就把我解僱了。

因為要生活下去，所以我到處打工，不過，還是一樣老是挨罵……我覺得應該會有適合自己的工作才對，最後就決定到酒店工作。

最近，酒店很少見了呢。就算在我年輕時也已經很少了，不過，在橫濱車站的西口附近有一家老牌的大酒店，我去面試之後，被錄取為臨時員工。

你們看，我現在也很聒噪對吧？和那時候相比，簡直是小巫見大巫呢。酒店小姐的工作就是要服侍客人，但我卻老是喋喋不休地說自己的事……來店裡的客人都是大人，實在很難接受一直聽高中剛畢業的小丫頭說話。雖然我自認工作非常認真，但還是不斷惹客人生氣，上頭說再這樣下去，就要把我辭掉，正當我覺得非常沮喪時，那個人剛好獨自一人來到店裡。

天氣明明相當熱，他卻穿著整整齊齊的西裝，背也挺得筆直，外表和現在看起來沒什麼兩樣。不過，那時他也已經是上了年紀的大叔了……當然，還沒有結婚，他說平常不會到有女孩子坐陪的店裡喝酒，但那天想來放鬆解悶。

我一開始覺得他很恐怖，都不主動開口說話，講起話來也很一板一眼，感覺跟我的爸爸很像。我猜想他或許是名校畢業，然後在銀行之類的大公司上班吧，因此就緊張了起來……差不多三十分鐘左右我們幾乎都沒講什麼話，只是一直喝酒而已。

接著，那個人突然開口了：

『我不擅長講自己的事，我希望聽妳的事，不管什麼話題都可以，我都想聽。』

以往只有被講過不要光講自己的事，像這樣要我隨便講自己的事還是第一次。雖然有點嚇到，但人家已經這樣說了，我也只能恭敬不如從命。所以，我開始把想到的事情一股腦地跟他說，包括昨天晚餐吃了什麼，小時候養的狗等這些雞毛蒜皮的瑣事。

漸漸地我也放鬆了下來，剛剛不是說過我正面臨失業的危機而感到沮喪嗎？回過神來才驚覺，自己好像在接受心理輔導一樣，哭哭啼啼地向對方訴說著自己的悲慘人生。因為太笨了，什麼都做不好，不知道自己該何去何從等等……現在回想起來才意識到，對方真的是很有耐心地傾聽。而我真的都只是在抱怨而已。

接下來呢，從這裡開始才是重點！在吐了一番苦水之後，我這麼說：

『酒店小姐並不適合笨蛋，因為我是笨蛋，所以不適合當酒店小姐。』

那個人雖然之前都只是安靜地聆聽，但這時卻突然將酒杯放到桌上。因為聲音很大，所以我嚇了一跳，以為惹他生氣了，不過，事實並非如此。那個人帶著非常認真的表情說道：

『妳現在以三段論法比喻了妳自己，笨蛋是不會用三段論法來比喻的……所以妳絕對不是笨蛋。』

很奇怪吧？說什麼三段論法，誰知道啊？不過，我明白他是要鼓勵我，那份心意已經傳達到了……心臟突然怦通怦通地跳了起來，因為幾乎不曾有人鼓勵過我。

於是呢，那個人緊緊握住我的雙手這麼說道：

『比起我年輕的時候，妳的頭腦已經好太多了……現在妳正以這雙手養活自己就是最好的證明。不管別人說了什麼，妳都不需要感到可恥。』

……我呢，聽到這句話之後，第一次覺得就算跟這個男人發生關係也無所謂。應該說我自己主動想跟他發生關係……然後也真的這麼做了，最後就順水推舟，像是半強迫一樣和他結了婚。

呵呵呵呵！

雖然周圍很多人都指指點點地說，年紀差太多啦、個性太古怪啦，我對那些話根本毫不在意。在那之後雖然已經過了很久，但是到現在我依然覺得很幸福。那個人看起來很可怕對吧？其實他是很溫柔的人，可能因為年輕時吃過苦吧！像他這麼好的人，這個世界上已經很難找到了，是配我都嫌浪費的好人！」

之後，坂口忍也繼續稱讚自己的丈夫好一陣子，然後挺起胸膛說道：

「如何？他真的是一個很棒的人對吧！」

聽著聽著，我的心情便沉重起來，內心對坂口感到非常同情。對於一直以來如此信任自己的妻子，怎麼有辦法說出自己有前科呢。也能體會他為什麼會扯出出家這種彌天大謊了。

「最近，您的丈夫有沒有出現什麼奇怪的舉動呢？」

篠川小姐問道。這時忍的表情突然沉了下來。

「大約一個月前左右，他的樣子稍微有點古怪，不但比以前更沉默，也都不笑，甚至也不正眼看我……啊……還有那副太陽眼鏡！那是之前買的，品味實在很差！那副眼鏡最奇怪。」

那不是最無關緊要的地方嗎？篠川小姐將《邏輯學入門》的封面給忍看了一下，問道：

「坂口太太您有讀過這本書嗎？」

「嗯！沒有耶！」

她大力地搖了搖頭說道：

「那是我家那口子很珍惜的書，我又看不懂……啊，不過，之前打掃時曾經翻了一下。雖然放在起居室的邊櫃上，不過堆滿了灰塵，所以我就稍微清了一下。那時啪啪啪地翻了一下。」

如此說的同時，她手上還做出翻書的動作。篠川小姐的臉色明顯出現變化——和發現《漱石全集》真相時的表情一樣。

「……那時候您丈夫在附近嗎？」

「當時是怎樣呢？我想想……啊，嗯，好像有，我說要打掃，請我家那口子到緣廊去，他在緣廊上聽收音機。最近他很喜歡聽收音機……」

「這樣啊……」

篠川小姐輕聲低喃起來。我也稍微有點了解真相了——貼在這本書上的「私書閱讀許可證」與坂口昌志的前科有所關聯。如果被發現，婚姻生活可能就此發生危機，這麼想的坂口為了盡可能避開危險，想把書賣掉也可想而知。

「吶，那本書可以借我一下嗎？我想稍微看看。」

忍的話讓我睜大了雙眼，篠川小姐也一臉為難的樣子。

「我不會再說要拿回去了，只是想看看這本書到底在寫些什麼。回想起來，我好像還不曾仔細讀過，好啦，只是稍微看一下應該沒問題吧？」

她帶著笑嘻嘻的笑容，天真地伸出手來。等發覺時我已經開口說話了：

「那個，每個人都有著不想被任何人看到的東西……」

「五浦先生！」

篠川小姐出聲提醒，我才回過神來。糟糕，一不小心就多嘴說了不該說的話——不過，篠川小姐卻搖搖頭說道：

「……不是的，不是這樣的。」

「咦？」

「不是的」到底是怎麼回事？我有說錯什麼嗎？

不管是坂口服刑的事、他持有的《邏輯學入門》上貼著「私書閱讀許可證」顯示出服刑的事、最近看到他的妻子接觸那本書之後，就來我們店裡打算把書賣掉——從這種種跡象來看，得到的結論只有一個，那就是他想要隱瞞前科。難道還有其他不同的答案嗎？

「怎麼回事？你們在講什麼？」

忍輪流望向我和篠川小姐後，將目光停在《邏輯學入門》上。

「這本書裡有什麼祕密嗎？」

篠川小姐並沒有回答。病房裡變得鴉雀無聲——我對自己犯下的錯誤懊悔不已。現在如果把書給她看，或許她就會知道我們倉皇失措的原因是出在「私書閱讀許可證」上；可是，如果不讓她看，又顯得更可疑。我已經不知道該如何是好了。

就在此時，一道敲門聲傳來。我鬆了口氣輕撫了一下胸口。

「……請進！」

篠川小姐回應後，房門被輕輕開啟。身穿西裝、眼戴太陽眼鏡的高大男子走了進來。看起來像是在趕路，肩膀上下震動地喘著氣。

「啊，小昌！」

忍高興地揮了揮手。

出現的人是坂口昌志。

「來坐這裡，這裡這裡！」

坂口忍再拉了一張圓椅放到自己旁邊。坂口昌志只是默默坐下。兩人坐在一起的模樣，雖然看起來感情和睦，不過與其說是夫婦，更像是久違歸鄉的女兒和父親。

「小昌你為什麼會來這裡？」

「因為明天行程有變，就打了電話給舊書店，對方說妳去醫院了，於是我就過來了。」

坂口面無笑容地說道，接著再以同樣的表情補了一句：

「不要在其他人面前叫我『小昌』，以前也提醒過妳了。」

「啊，對不起，那個，小……昌志！不要把書賣掉嘛！」

立刻就直搗核心嗎？坂口緊閉起嘴角。

「不好意思，這件事我心意已決，因為不想要了，所以決定賣掉。」

「怎麼可能不想要！你不是一直都很寶貝那本書嗎？」

忍如此說著，手指向《邏輯學入門》。

「明明追我的時候也是靠那本書！上面不是寫著三段論法嗎？對我來說，那也是很值得紀念的一本書！」

「……當時，我並不是在追妳。」

「可是我因為這樣被你追到了，所以都一樣啦！之後跟你告白了，你不是也吻了我嗎？」

坂口偷偷瞄了我們一眼，雖然表情還是不變，但脖子上卻冒出大顆的汗珠。坂口還真是可憐呢，如果一直讓這個女人說下去，夫婦間的隱私就要公諸於世了吧。

「至少告訴我為什麼要把書賣掉嘛！你最近好奇怪，都不怎麼說話，也很沒精神，還有那副太陽眼鏡！總之就是奇怪到家了。」

看來她非常在意這副太陽眼鏡呢。不過，聽到她這句話之後，坂口的眼神開始游移了起來，似乎有點不知所措，有人會因為太陽眼鏡而驚慌失措嗎？

「……坂口先生！」

篠川小姐緩緩地開口說道：

「總有一天，周圍的人還是會知道，這並非可以隱瞞到底的事……和其他的事不同。」

她只在最後的一句話用力說道。果然有點奇怪，這句話很明顯是在指除了前科之外還有其他祕密。我回想起「不是的」這句話——到底是什麼事遲早會被周圍的人知道呢？

「唔……」

坂口臉色鐵青，似乎已經發現篠川小姐在講前科的事。太陽眼鏡底下的眼睛瞇成一條線，來回注視著我們。

「看來你們好像已經知道了，所有的事。」

差一點我就要舉起手來──不，我並不知道內情。除了四十年前的事件外，還有什麼祕密？篠川小姐又是怎麼發現的呢？她知道的事情，我應該也全都知道才對啊？

「我知道你不擅長說自己的事。」

這時忍開口道：

「不過，如果有什麼煩惱請告訴我，求求你！」

坂口緩緩摘下太陽眼鏡，花了很長的時間注視著妻子的臉之後，一道平靜的聲音輕輕響起：

「……即使靠得這麼近，我也沒辦法再看清楚妳的臉了。甚至連現在自己是閉著眼睛，還是睜開眼睛都不清楚。」

「咦……」

他的妻子發出震驚的聲音。

「我患了眼疾，一種眼睛積水的疾病。遺憾的是目前無法醫治，我運氣不好，年輕時受了傷，似乎因此令病情惡化得很快……所以才想要賣那本書，因為我已經沒辦法再讀了。」

病房瞬間鴉雀無聲。坂口轉向我們。

「你們為什麼會發現呢？我應該已經掩飾得很好了才對。」

這點我也想要知道──到底目前為止的發展中有出現什麼線索呢？轉頭看向病床後，篠川小姐從容地說道：

「……線索就是這個。」

她拿出夾在《邏輯學入門》裡面的購書單。坂口探出身子，注視著她手上的購書單。

「這是坂口先生您在我們店裡寫的，不過，文字卻超出欄外──一絲不茍的人會寫成這樣就有點奇怪了。」

「……我甚至連寫字超出欄外都沒發現。」

坂口帶著自嘲的口氣低喃：

「現在連自己寫的字都看不到……只是因為這點小地方就發現了嗎？」

「不是，我剛剛從尊夫人口中聽到您最近的舉動後才發現的。喜歡聽收音機是因為很難再閱讀報紙了，對吧！戴太陽眼鏡是為了保護眼睛避免遭到陽光直射，書會堆積灰塵也是因為不再看書了……這些全都可以聯想成視力退化後的舉動。」

我又啞口無言了。這麼一說，事情就如篠川小姐說的一樣。

話說回來，篠川小姐甚至沒跟坂口說過話，只靠聽說就看穿了對方一直隱瞞著妻子的祕密。她果然是非常聰慧的人。

「……但是，為什麼不告訴你太太呢？」

我詢問坂口。一般而言，應該會第一個跟家人說才對。坂口突然垂下目光。

「我可能會失明，今後的生活勢必要藉助他人的力量才行。目前的公司再過不久就可以退休，但已經沒有希望再找新工作了。將來的經濟狀況也可能會變得很困苦……嫁給年紀相差這麼多的我，已經讓她受了不少苦。在向她開誠布公之前，我還需要一點心理準備。」

坂口抬頭看著我。我這才第一次發現到，彼此目光無法交會在一起，這應該是他沒辦法看清楚的關係吧！

「有些事正因為對方是家人，才更不容易說出口。或許這世上有很多人不這麼認為，但像我這樣的人不一樣。」

連我都知道他是在說自己的前科。坂口原本就是一個帶著祕密生活的人，或許因此才更不願說出事實吧！

「一直瞞著妳，很抱歉！」

他向妻子低頭道歉。坂口忍皺起眉頭，抱起手臂。可能是因為娃娃臉的緣故，她和愁容很不配，過了不久，她帶著一如往常的高亢聲音說道：

「小昌，我不知道。」

又回到了之前的稱呼。這次坂口並沒有反駁。

「……不知道什麼？」

「結果，你到底是為了什麼才要把書賣掉呢？」

「剛才也解釋過了，我已經無法閱讀。書就是為了讓人閱讀才存在的，與其丟掉，還不如轉手給其他人比較好……」

「我來讀不就好了？我讀出聲音來。」

她若無其事地說道，面對著啞口無言的坂口，她接著說：

「那是對小昌你來說很重要的書對吧！我每天讀給你聽。因為沒有朗讀過，一定會唸得很差勁，不過，這樣就可以不用賣書了吧！」

她露出潔白的牙齒微笑道：

「就算有什麼難以啟齒的事都無所謂啦。不管你的眼睛看不看得見，我一定都會陪在你的身邊……如果你有什麼想對我說的話，我就會在聽得見你聲音的地方……因為，那樣絕對會比較開心。」

坂口像雕像般沉默不語，不久，嘴角終於露出了淺淺的微笑。

「……我知道了，謝謝妳！」

他從椅子上站起來，往篠川小姐的身邊靠近。

「對不起，我不打算賣那本書了。可以還給我嗎？」

篠川小姐深深地點了點頭，將《邏輯學入門》交到坂口的手上。

「當然可以，這就還給你，請收下！」

拿到文庫本的坂口回到妻子的身邊說道：

「在妳上班前還有時間嗎？我想找個地方談一下今後的事。」

「嗯，沒問題喔！」

如此回答後，坂口忍站了起來。我在內心鬆了一口氣，似乎在洩漏坂口的前科之前，事情就圓滿解決了。打從注意到坂口的視力開始，篠川小姐的心裡一定就盤算著要把事情引導成這樣的結果吧。

是否要將過去的事情全盤托出，就由坂口自己今後慢慢花時間去決定吧！

「……其實我還有一件事要說。」

當坂口突然開口時，我還沉浸在剛才的感慨之中。他的妻子抬頭注視著丈夫問道：

「什麼事？」

「我有前科。」

「咦！」

發出驚叫聲的人並非坂口忍，而是我和篠川小姐。好不容易沒有讓前科的事曝光，為什麼要自己抖出來呢？

「出家的事並非事實，我二十歲的時候被工作的工廠解僱，連明天是否有飯吃都成問題……那時我開始想著只要能獲得一大筆錢，讓生活不愁吃穿，不管什麼事我都會不擇手段去做。因此就從朋友家中偷走汽車和獵槍，搶劫了附近的銀行。當然馬上就被逮捕了。」

就像報導新聞一樣，坂口若無其事地淡淡道出自己的前科。忍則是張開嘴巴注視著自己的丈夫。接著，坂口指著自己的眼角傷痕說：

「這個傷痕就是當時留下的……一直瞞著妳、欺騙妳，我很抱歉。」

坂口深深地低下頭。雖然不知他的表情為何，不過，可以清楚看出他的背在顫抖著。連在一旁的我們都緊張到手心冒汗，這是一段重達二十年的深情告解。

他的妻子嘆了一口氣，由下往上注視著丈夫的臉。最後，打破漫長沉默的人是坂口忍。

「真討厭，突然一本正經了起來……我還以為要說什麼事呢。」

接著，她挽起了丈夫的手臂。

「我早就知道了啊，那件事。」

「咦？」

我和篠川小姐又再度驚叫出聲，從剛才開始就不斷被這對夫妻嚇到。

「妳早就知道了嗎……？」

坂口抬起眼詢問。

「嗯，只要不是笨蛋就會知道啊！」

她帶著意味深長的表情對丈夫一笑：

「我不是笨蛋吧？所以啊，我很久之前就已經知道了……啊，這也是三段論法？」

「啊，是的……就是如此。」

他們兩人轉向我們點了個頭，然後手挽手離開了病房。

「……和妳結婚真是正確的選擇。」

最後只聽見坂口口中傳來這句低喃，房門再度關了起來。

坂口夫婦離開後，感覺病房變得異常寬廣，就像暴風雨過後一樣。

「……不知道坂口太太是從何時知道的呢？」

我喃喃問道。或許一起生活之後就知道了也說不定，不過，應該是有什麼契機才發現的吧。

但此時篠川小姐卻搖了搖頭說：

「不，她之前應該不知道。」

「咦？可是她說早就知道了啊！」

「如果真的早就知道，就不會隨便跟我們談論她丈夫的過去，談論時也會很小心留意，不讓我們發現到祕密才對。」

我開始回想起坂口忍說的話。的確，如果早就發現丈夫有前科，就不會這麼隨便談論關於「出家」的事了。

「可是，她為什麼要說謊呢……」

「如果她說不知道的話，就等於丈夫欺騙了妻子二十年啊。雖然這是事實，不過，坂口先生連生病的事都沒有說，自己一個人煩惱著。所以坂口太太應該是不希望丈夫變得更加自卑……我想這就是說謊的理由，應該沒有其他解釋了。」

「啊——……」

我不由得感嘆。如果事實真是如此，那麼當聽到丈夫荒唐的過去時，可以完全不露驚慌之色還笑容以對的她，就等於在說謊。真的如同坂口所說，她不可能是笨蛋。

「我認為坂口先生也知道妻子在說謊，從邏輯角度來思考，妻子的言行舉止並不一致……不過，揭開這個謊言沒有任何意義，所以就當成丈夫接受了妻子的體貼心意吧。」

還是老樣子，這個人真是令人佩服得五體投地。感覺好像只要和舊書有關的事，不管什麼謎團她都能解開。

我凝視著篠川小姐的側臉。這三個星期間她說了很多關於書的事情，但我對她本身的事卻知道得不多。只知道她喜歡舊書，喜歡說和舊書有關的事，僅此而已。不只是坂口昌志，她自己也是個不擅長坦白心事的人吧。

即使如此也沒有關係，像現在這樣我就很開心了。

「那麼，我差不多該回店裡了。」

一直讓篠川小姐的妹妹代為看店，如果不趕快回去，應該會挨罵吧！

挺直腰打算離開圓椅時，我停下了動作。篠川小姐白皙的手抓住我的襯衫下襬，露出猶豫不決的深思眼神。

「……怎麼了嗎？」

我突然覺得全身發熱，像這樣的事情還是頭一遭，於是我又坐回了椅子上。

「如果和剛才的坂口先生一樣，我也有隱藏的祕密，您會怎麼辦？」

「咦……」

「您想要聽嗎？」

篠川小姐似乎已經看穿了我剛才在想什麼。我感到有些困惑，她到底要說些什麼呢？

「……我想聽。」

雖然腦袋還有些混亂，不過我還是清楚地答道。她確認了門已經關好後，以細微的聲音娓娓道來：

「之前，您曾經問過我……為什麼會受傷吧？」

「啊，是的。」

「兩個月前，我前往住在附近的父親朋友家，他們家位於山坡上，在途中我從陡峭的石階上跌落下來……因為那天下著大雨……一不小心就滑倒了，我是這樣向大家解釋的。」

沉默籠罩，我慢慢地吞了口口水問道：

「……其實並不是這樣嗎？」

她點了點頭。不知不覺間我們的距離已經近到額頭都要靠到一起了。

「這件事我從來不曾對任何人講過……不過，我希望能說給五浦先生您聽。可以嗎？」

「……可以！」

我回答著，心跳跟著加速，感覺會聽到相當驚人的事情。

「我是被人從石階上推下來的。這兩個月裡，我一直在尋找那個犯人。」

篠川小姐與我目光相交。那是蘊藏著強烈意志的眼神——是解決書籍謎團時的那雙眼。

第四話

太宰治《晚年》（砂子屋書房）

玻璃拉門外突然間一片昏暗，所有的色彩都被沖淡了原有的顏色。下起了有如盛夏時節般的雷陣雨。

我原本正待在空無一人的店裡整理玻璃櫥窗內的書，不過，一聽到雨聲後連忙衝出古書堂外，因為必須替百圓均一的置物車蓋上遮雨布才行。往旁邊的北鎌倉車站月台望去，原本等車的人們都往屋簷下跑了過去。在上行的月台上僅一個部分有屋簷遮擋。

因為擔心隨意放在櫃檯上的商品，所以我急急忙忙又跑回店裡。這時屋內通往主屋的大門打開來，出現一位穿著下襬寬鬆T恤和運動服的十六、七歲少女。少女似乎已經先回家洗過臉了，瀏海用橡皮筋奇怪地綁成朝上的沖天炮，她是店長篠川小姐的妹妹，篠川文香。

「啊──啊──下雨了呢！」

她說著。以前我一直遭她白眼以對，不過，最近似乎處得比較融洽。從現在的這種裝扮來看，又不免令人擔心該不會融洽過頭了。她是不是忘了我是毫無血緣關係的外人呢？

「有客人嗎？」

「沒什麼客人……因為是平日。」

我在玻璃櫥窗前繼續整理書，一邊回答。

「景氣果然不好呢，我們的店也會倒閉吧！」

她口無遮攔地說出不吉利的話。我皺起眉頭，什麼都沒說。我在這裡工作已經一個月了，知道業績比之前差很多。因為原本掌管店裡大小事的店主已經連續兩個月不在了，業績會好反而才奇怪。

我將包著防潮紙的書擺放在書架上，略為泛黃的白色封面上，印著手寫的《晚年》這個書名；黃色書腰上則印著佐藤春夫和井伏鱒二的推薦。

「咦？那本書！」

篠川文香訝異地拉高嗓門說道：

「那不是以前曾在我們店裡出現過的很貴的書嗎？就是那個誰啊，非常有名的人。太、太、太、太……」

「……太宰治。」

我拔刀相助，幫她說下去。那是在昭和十一年發行，太宰治值得紀念的處女作品集。遺憾的是，無法看書的我並不知道裡面寫些什麼內容。

「這本書也要拿出來賣嗎？之前只有這本書姊姊打死都不肯拿出來賣，果然是因為最近的生意一落千丈了？」

正要鎖上玻璃櫥窗的我，稍微瞄了一下倒映在玻璃上的少女臉龐。

「……最近有客人想買這本書嗎？」

「完全沒有。」

她搖了搖頭，突然笑了起來：

「你和姊姊都問了一樣的問題呢，姊姊也常這樣問我……有客人想買這本書嗎？如果有就立刻聯絡我。吶，有什麼重要的事嗎？」

「不……沒什麼事。」

我說謊了，背後的詳情是我和篠川小姐兩人之間的祕密。

篠川小姐的妹妹站在我旁邊隔著玻璃凝視著《晚年》，傾著頭沉思起來。

「那個，這本書是姊姊放在病房保險箱裡面的那本吧？」

「嗯，是的……」

「那本書有這麼乾淨嗎……」

我一瞬間停止了動作。雖然外表和姊姊不像，不過觀察力出乎意料地敏銳。在意想不到的地方戳中要害。

「之前看到的時候，感覺比較髒一點……書角的部分也是。」

我不希望她觸及這個部分，該如何才能讓她不再繼續盯著書看呢——正當我煩惱之際，店外閃起了一道藍白色光芒，不久，震動空氣的雷聲也隨之響起。

「喔！」

篠川文香發出了奇怪的驚叫聲，似乎不是嚇到而是感到驚嘆。她腳步輕盈地跑到拉門前，抬頭看向黑壓壓的雷雲說道：

「好驚人喔！剛剛的閃電一定有打到這附近！」

北鎌倉有很多山，閃電經常會打中建在山頂上的鐵塔。

突然間我想起了人在醫院的篠川小姐，現在也正從獨自一人的病房中眺望天空吧！或許她會很討厭打雷，因為她曾提到兩個月前被人推下石階時，也是像這樣的雷雨天。

聽到篠川小姐的祕密是在一個星期前，坂口夫婦離開病房之後的事。

「……被人從石階上推下，到底是怎麼回事？」

我開口詢問。突然聽到「被人推下」，讓我一時之間無法理解其中的涵義。

「在說明這件事之前，想要請您先看個東西。」

篠川小姐說完後，解開了睡衣的第一個鈕扣。脖子附近的鎖骨輪廓清晰可見，目瞪口呆的我全身凍結，她就在我的面前把手伸進胸口。

從中拿出的是繫在脖子上的一小把鑰匙。交到我手上的那把鑰匙還留著明顯的肌膚餘溫。

「……請把保險箱裡的東西拿出來。」

她指著病床旁邊的架子。在架子最下層的確有一個小小的保險箱。之前我完全不曾想過裡面到底放著什麼東西。

遵照指示打開保險箱後，裡面放著一個以紫色綢巾包起的四方形物品，拿在手上感覺沒什麼重量。我再次坐下後打開包裹，裡面是一本包著防潮紙的書。書封上印著《晚年》，還附著印有佐藤春夫推薦的書腰。

雖然是本舊書，不過狀態保存得很好，感覺上是一本相當珍貴的書。《晚年》這個書名我有點印象，好像是——

「《晚年》是太宰治的處女作品集，這一本是昭和十一年由砂子屋書房發行的初版書。」

我點頭示意。雖然沒讀過，但我很有興趣。

「這本書是我祖父從朋友那裡得到的，由祖父傳給父親，父親再傳給我。這並不是販售的商品，而是我個人的收藏。」

啪啦啪啦地翻了一下書後，我發現了奇怪之處，那就是內頁部分都幾頁幾頁地封在一起，只能跳著閱讀。我從沒看過這樣的書。

「……這是裝訂錯誤嗎？」

篠川小姐輕輕搖頭說道：

「這是未裁切書。」

「未裁切書？」

「一般來說，書會像這樣摺起來裝訂，然後再將書口和天地部分整齊地裁切好，未裁切整齊前就出版的書稱為未裁切書……過去曾出版過很多像這樣的未裁切書。」

「那要怎麼閱讀呢？」

「用拆信刀割開閱讀。」

原來如此，我感到佩服地停下手來——也就是說，這本《晚年》到現在都沒人看過囉，那豈不是非常珍貴嗎？

「咦……」

我又發現一個奇怪的地方，就是在打開書本封面後，襯頁上有著以細毛筆寫著的文字。

秉持自信而活吧　生命萬物

無一不是戴罪之子

旁邊還寫著「太宰治」這個名字。我突然覺得手中的書變得異常沉重起來。

「這是……真的簽名嗎？」

在她點頭之前，我也已經大概猜到了。這和在《漱石全集》上看到的假簽名明顯不同。彷彿只聞其名的往昔作家，活生生地突然出現在眼前一樣。

「《晚年》是太宰治二十七歲時出版的，收錄了他過往累積的短篇集作品。不過，其中卻沒有任何一篇名為晚年的短篇作品。」

「那麼，為什麼書名會取作《晚年》呢？」

「太宰曾提過原本打算將這本書當成遺書。在成為小說家之前，太宰就曾經試圖和女子一起投水殉情，地點就在前面不遠的腰越……之後也不斷地試圖自殺。」

這部分我也知道，太宰治最後好像是和情人一起跳入玉川上水自殺。

「這本書初版只印刷了五百本，內頁沒有裁切，又附有書腰，而且還是附上簽名的全新本，或許除了這一本之外，已經找不到第二本了……雖然沒有那個打算，不過如果在我們店裡賣……應該可以訂到三百萬圓以上的價格。」

我嚥了一下口水。不要說是書了，我過去從來不曾摸到如此高價的物品。

「不過，對我來說，這本書的價值不在金額，而是太宰治寫在襯頁上的那句話。」

我再次低頭注視太宰的筆跡。「秉持自信而活吧　生命萬物　無一不是戴罪之子。」——字跡細到有點神經質的感覺，唯獨「戴罪之子」這部分的力道比較強。雖然說不上來，但卻是一句引人深思的話。

「他一定是想要鼓勵友人，所以才寫進書裡面吧。市面上也有看過其他寫著相同字句的簽名書……或許太宰對『戴罪之子』這個詞有著某種執著吧。雖然並沒有收錄在這本書裡，不過在那部名為《海鷗》的短篇作品中曾出現過。」

我反覆唸著「戴罪之子」這句話。

「……大家都是壞人的意思嗎？」

「未必是這個意思……就我的解讀來看，是指活著的每個人都罪孽深重吧！」

因為大家都一樣罪孽深重，所以可以秉持自信活下去的意思嗎——已經搞不清楚這到底是積極，還是消極的鼓勵了。

「感覺像是在講我一樣，所以很喜歡。喜歡一句話的感覺就像這樣吧……」

我瞪大了眼睛，這好像是第一次，從篠川小姐口中聽到她提及對自己的想法，「罪孽深重」這個評價倒是令人意外。或許是指自己對書的喜愛吧！

「也有人和我一樣喜歡這句話，是太宰治的超級書迷……就是那個人把我推下石階的。」

她垂下目光，注視著自己放在床上的腳。

「……那傢伙是誰？」

「姓名和身分都不清楚……只知道是很想要這本《晚年》的人。」

不知不覺間，窗外的陽光開始變暗。篠川小姐淡淡地說起發生在自己身上的事情：

「剛才也提到這本書是非賣品，是我連同書店一起繼承下來的書。父親告訴我，如果遇到緊要關頭，可以隨意處置……不過，我一直把這本書保管在主屋裡，不曾拿到其他會讓人看見的地方……除了那次例外。」

「……例外？」

「您知道位於長谷的文學館嗎？」

我點點頭。我曾去過一次，在舊洋房改建的建築物裡展示著許多名作的原稿，還有與作家有關的物品等。那裡就像文學的專門博物館一樣，和鎌倉大佛一樣都是長谷的觀光名勝。

「去年因為適逢太宰治的百年誕辰，所以在文學館舉辦了回顧展，那時館方拜託我，希望能夠展示這本《晚年》，因此我就借給了對方。」

微弱的記憶在腦中甦醒。以前好像曾在哪裡聽過這件事——不，應該說是看過才對，總之我知道這件事。

「那件事我好像曾在網路上看過，上面寫著我們店裡的書借給了某某展覽展出……」

剛開始在這裡工作時，我曾在網路上搜尋過「文現里亞古書堂」，在舊書迷聚集的論壇上，曾有人寫過這段訊息。這麼說來，寫的或許就是這本《晚年》的事吧。

「嗯，就是這件事。」

篠川小姐臉色一暗，點頭表示：

「在文學館展示時，並沒有對外告知是從我們書店借出的，不過，可能是被人發現了吧！因為祖父和父親曾經把書給來訪的客人看過……問題出在有許多人知道這本書目前在我手上。當回顧展結束後我就收到一封電子郵件。」

她將筆電打開，液晶螢幕的光源稍微照亮了昏暗的病房。我望向畫面，看到一封由某人寄給篠川小姐的郵件：

「文現里亞古書堂篠川小姐　台鑒：

初次見面，我叫大庭葉藏。

前幾天到鎌倉一遊時順道參觀了文學館，得以拜見了貴店所有的太宰治《晚年》，那實在是令人為之屏息的珍品，與簽名一同寫下的文句更是震撼人心。

秉持自信而活吧　生命萬物　無一不是戴罪之子。

厚顏寄上這封郵件給您，希望貴店務必能將此書轉讓給在下。希望您能寫下金額、匯款帳號、寄送方式等相關交易資訊，並煩請回信到這個電子信箱。」

「……剛看到這封郵件時，我原本以為是惡作劇。」

「咦？為什麼？」

我不由得插嘴問道。從這封信上可以感受到對方的興奮之情，但是並沒有特別奇怪的地方。

「因為對方的名字。大庭葉藏……這是收錄在《晚年》裡面的短篇小說〈小丑之花〉的主角名字。」

我恍然大悟地點點頭，也就是說對方使用了假名。

「這麼大的一筆交易，沒有用電話聯絡，只是寄郵件來洽談也很奇怪……總之，我並不打算賣這本書，所以回信告知對方這本書只是個人收藏，是非賣品。結果，不到五分鐘對方立刻又發信過來。」

她指著郵件軟體內的收件匣，下一封信的主旨是「請告知金額」，對方似乎一廂情願地想要交涉價格。她繼續指著下一封信，這次的主旨是「我需要那本書的理由」。接下來指著下一封信——我的背脊竄起一陣冷顫。

收件匣中有好幾百封，不，是好幾千封來自大庭的郵件，即使不斷地往下拉，都還看不到盡頭。簡直有如跟蹤狂般的執著，只不過，對象並非人而是書。

「我雖然也跟警察報案了，不過警方表示，光是郵件的話無法採取行動。而且對方還是使用國外的免費電子信箱，沒辦法那麼容易就確認使用者的身分……當我遲疑著是否不要多加理會時，那個人就出現在店裡了。」

「那是梅雨還沒結束，只有我一人在店裡的時候，一個提著大行李箱，穿著西裝的男子穿過拉門走進店內。

因為他臉上戴著一個很大的口罩和太陽眼鏡，所以看不清楚他的模樣。他身材很高，年紀看來也不太大的樣子。

『我是大庭葉藏。』

他低聲自我介紹，接著從包包裡拿出一疊鈔票放到櫃檯上說：

『這裡有四百萬，請把書賣給我。』

接著，他開始說服我把書賣給他。內容大約是，自己雖然也收集其他作家的初版書，不過特別喜歡太宰的初版作品，而這本寫下贈言的《晚年》對他這種收藏家而言，更是完美的珍品，無論如何都想珍藏。

我雖然感到驚慌，不過，最後總算打斷他的話，將錢還給對方……也再度把寫在郵件上的話重複說給他聽。這是父親留下來的遺物，也是我心愛的收藏，只有這本書絕對無法割愛。聽完後，他就像是要再次確認般問我：

『不管發生什麼事，妳都不願意割愛嗎？』

……我斬釘截鐵地回答後，他把身子朝我這邊靠過來，說：

『我也很喜愛這本書，不管花多少年，不管有什麼阻礙，我都一定要得到這本書。』

留下這句話之後，他就離開了。我突然覺得相當疲憊……因為，對方一定還會再來吧，但我已經不曉得該怎麼講才能讓他明白。

那天，店打烊後，我前往住在附近的父親朋友家，要拿父親生前借的書去還……我在突如其來的雷雨中爬著陡峭的石階，邊撐著傘邊將書的包裹緊抱在懷中，幾乎只能留意著自己的腳下。

在差不多快要登完石階時，我注意到在最上方站著一個男人，正當我抬起傘想要看清那人的臉時，我的肩膀就被人用力推了一下。

失足的我跌落到最下面的石階，因為身體無法動彈，所以立刻知道自己受了重傷。雖然想要呼救，意識卻漸漸模糊起來……這時，我聽見有人從石階跑下來的聲音。

那個人拿起包裹，打開確認裡面的書。

『真是的，不是那本書啊！』

我聽到了惋惜的聲音。雖然雨聲很大，不過我聽得很清楚，那是大庭葉藏的聲音。因為他的聲音很特別，低沉卻相當清亮……感覺和五浦先生的聲音很像。

『那本書在哪裡？』

他又繼續追問……我當下就醒悟了，大庭是來搶奪《晚年》的。我當然不願交給他。

『我把它藏在很安全的地方，但是地點在哪裡就不能說了。』

我用盡剩餘的力量答道。其實書藏在主屋中上鎖的櫃子裡，實在不能說很安全……但總之，我當時只想要讓大庭遠離那本書而已。

大庭看來還想繼續逼問，幸而這時傳來車子接近的聲音。他急忙在我耳邊低聲威脅：

『這件事絕對不能告訴任何人！如果走漏風聲，我就一把火燒了妳的店。不要逞強了，快把那本書賣給我……改天我會再跟妳聯絡。』

我記得的事情就到這裡。接著醒來時，人就已經躺在醫院的病床上。我沒有把事情告訴任何人，直接就把《晚年》移放到這間病房的保險箱裡。因為醫院二十四小時都有人在，我覺得應該比我家的主屋還安全。這兩個月對方都沒有與我接觸，當然我也沒有跟對方聯絡……」

「等……等一下！」

靜靜聆聽的我，中途打斷篠川小姐的話。

「莫非這件事也沒有跟警察說嗎？」

「沒有。」

這理所當然般的回應讓我訝異萬分。

「為什麼呢？妳差點就被殺了耶……」

「因為不曉得大庭葉藏的真實身分到底是誰。」

她如此回答。

「就算警察開始搜查，也無法立刻抓到人，如果對方發覺我報了案，或許真的會燒了我家的店……我可以感受到他的決心。失去店鋪是我絕對不想發生的事。」

「可……可是如果放任那傢伙不管的話……」

「嗯，所以只要他再次出現，我就準備報警，我一直在醫院裡思考如何抓住這個人。」

她突然抬起頭來，眼鏡底下的雙眸蘊含著強烈的意志。那是和之前解決書的謎團時一樣，睜得大大的黑色雙眸。她把手伸了過來，緊緊握住我的手說：

「為了引大庭葉藏出來，可以請您助我一臂之力嗎？雖然不曉得會發生什麼事，但是我已經沒有其他人可以拜託了。」

白皙掌心傳來的溫暖讓我如遭雷擊一般無法動彈。沒有其他人可以拜託的這句話，在我的耳裡不斷迴盪著。像她這麼內向的人，應該很少如此對別人敞開心扉吧！更何況，是對著我。

「……知道了，我願意幫忙。」

答案根本不用問……我點著頭並緊緊回握住她的手。她那纖細的手指整個包進我的拳頭裡。

「謝謝你……那個，對不起……還把您牽連進來……」

「完全無所謂……不過，有一個條件……」

「……條件？」

她訝異地傾了傾脖子。

「太宰的《晚年》到底是在講什麼故事，可以詳細說給我聽嗎？我之前從沒讀過。」

篠川小姐的神情立刻亮了起來，和拿書給她的時候一樣——不，說不定是更加愉快的笑臉。我也跟著露出笑容。

「當然沒問題……等這件事告一段落之後，一定。」

想要說書中故事的人和想要聽的人，我們之間的關係就是由書聯繫在一起。而在這間病房內談了許多話之後，感覺這種奇妙關係也讓彼此間的距離慢慢縮短了。至少她相信我，願意信賴我，當然我也相信她。

「那麼，該如何引誘他出來呢？」

我問道。大庭葉藏應該也考慮過自己會有被警察逮捕的風險，因此一定會盡量避免與我們直接接觸。

「大庭葉藏無論如何都想得到這本書……那個，您知道我家的主屋之前遭小偷的事嗎？」

「咦？……啊，聽妳這麼一說……」

我記得剛來工作時曾聽篠川小姐的妹妹提過。但好像什麼東西都沒有被偷。

「雖然沒有證據，但我認為這也是大庭的傑作……或許他想不透過交易而直接偷走吧？不過，那時我已經把《晚年》移到這裡了。」

我覺得很有可能，大庭葉藏是個不擇手段的人，闖入別人家裡這種事應該做得出來。

「我想，他現在最想知道的就是《晚年》的所在之處……所以就從這一點灑下誘餌引他出現吧！」

「誘餌？」

篠川小姐從旁邊的書山中拉出另一個絲綢包裹打開，包裹內是一本用防潮紙包著的書——我驚訝地瞪大雙眼。那是一本包著黃色書腰的《晚年》，與我膝上的那本一模一樣。

「還有一本嗎？」

同樣是未裁切的狀態，不是說是很珍貴的書嗎？

「不是的。」

她搖了搖頭道：

「這是在一九七〇年代，由HOLP出版社推出的復刻版……也就是所謂的仿製品。如果不看裡面，很難分辨其中真偽。」

我凝視著復刻版的《晚年》，書的外觀看起來和初版相同，不，復刻版的紙質稍微比較結實，封面的髒污也比較少——總覺得好像少了點歲月的痕跡。

「……即使不是真品，也有人想要嗎？」

「想要體驗初版時那種方式來閱讀的書迷很多。這本復刻版做得很好，也再版了很多次……就連持有原書的我也買了很多本。」

原來如此啊。面對微傾著脖子的我，她繼續說道：

「請把這本書標價成三百五十萬圓，放在店裡的玻璃櫥窗裡。我會在網頁上公布《晚年》的極美初版珍品已經進貨的消息……知道自己想要的書即將販售出去，大庭葉藏一定會前來購買才對。至少會來店裡確認狀況吧！這時就請五浦先生您立刻報警。」

我稍微理解了整個計畫。這本復刻版就如字面的意義，是用來引誘大庭的複製本誘餌。雖然使用真品更加可信，不過卻有被奪走的危險。這個戰術的確不差……但真能這麼順利嗎？

「可是，我不知道大庭長什麼樣子啊。」

「如果有高個子的陌生客人表示想要買這本書，我想十之八九應該就是大庭。因為會花三百五十萬圓買一本書的客人應該不多。」

「如果是常客說要買，那又該怎麼辦？」

「遇到那種情況就告訴對方，我們已經跟其他客人簽訂買賣契約了。因為那只是復刻版，也不能賣那種價錢。」

「如果大庭打電話來洽詢呢？」

「就假裝什麼都不知道，只要跟對方說：『是遵照店長指示拿到店面擺放，並不接受網購、郵購等通訊販售。』這樣的話，他一定會親自來到店裡。」

我暫停發問，抱起手臂思索。不是我要挑毛病，但這個陷阱中帶有危險，我想盡可能把不安降到最低。

「那個，會不會等到篠川小姐妳出院之後，再來進行比較好？」

「……為什麼呢？」

「因為不知道那傢伙會做出什麼不是嗎？來到店裡就算了，但對方也有可能會跑來醫院加害篠川小姐妳啊。」

似乎有些出其不意，她的表情僵住不動了。

「篠川小姐妳也沒辦法逃吧！所以，稍微等到可以像以前一樣行走之後……會不會比較好呢……？」

我的聲音變得愈來愈小。篠川小姐緊握在膝上的雙手微微顫抖著，我說了什麼奇怪的話嗎？

「再繼續等下去也沒有意義……因為就算等待，我的狀況也不會有多大改變。」

她聲音嘶啞地說道。

「咦？」

「我的傷並不只是骨折而已……還傷到了腰椎神經。醫生說即使出院也會留下後遺症。要像以前一樣行走，必須花很長的時間才行。說不定……有可能一輩子都無法正常行走了……」

病房裡的氣氛整個凝結起來。

外面的雷陣雨仍舊下著。

玻璃櫥窗裡正展示著太宰治的《晚年》——正確來說是《晚年》的復刻版，還附上「三百五十萬圓・極美珍品・附簽名」這樣的立牌。

我站在櫥窗前琢磨著篠川小姐的話。和大庭葉藏的事一樣，她的腳傷同樣令我震驚不已。

（有可能一輩子都無法正常行走了……）

不想讓警察介入，打算自己找出大庭，或許就是因為想親手做個了斷吧！

篠川小姐的妹妹回主屋去了，店裡只剩我一個人。她完全不知道大庭葉藏的事，但當然知道姊姊的傷勢有多嚴重。

這麼說來，當初我在店裡問及姊姊的傷勢時，她也是對我支吾其詞。問到其他事情時明明都滔滔不絕啊。或許她也有她的考量吧！

篠川小姐曾經提過，她最煩惱的就是不知道是否要讓妹妹知道大庭的事。

「不過，我妹妹的個性不擅長保守祕密……可能馬上就會把事情說給別人聽吧，而且最重要的是，當大庭出現時，她應該會無法沉著應對。」

也就是說我的嘴比較牢靠、能夠沉著應對囉？這讓我提起了精神。網頁上已經公布了《晚年》在這家店裡的訊息，換言之，目前大庭隨時都有可能出現。

突然間，拉門被喀啦喀啦地拉了開來，我反射性地繃緊神經。

「幹嘛啦，表情那麼可怕。」

我放鬆了肩膀。出現在店裡的人是小菅奈緒，是以前曾經從背取屋志田那裡偷了小山清《拾穗》的少女。把書還給志田賠罪後，好像就喜歡上看書的樣子。偶爾會來我們店裡露露臉。

她今天身上穿著短袖的罩衫和校裙。我第一次看她穿制服，她和篠川小姐的妹妹一樣，就讀我畢業的高中。

「原本要去朋友家準備文化祭，不過卻突然下起雨來……可以讓我躲一下雨嗎？」

她以男孩子氣的口吻說道，一邊走進店裡。我發現她短髮髮尾上的水珠正啪答啪答地滴落下來，急忙回到櫃檯內側。如果要販售的書被淋濕就傷腦筋了，所以我拿出從家裡帶來的汗巾，往站在玻璃櫥窗前的少女去了過去。

「用這條毛巾擦一下吧！」

「不好意思，謝謝囉！」

小菅奈緒帶著陽光的笑臉接下毛巾，邊擦拭頭髮邊瀏覽著櫥窗內部。

「喔！這就是傳言中那本三百五十萬圓的書嗎！」

「是哪裡的傳言？」

我嚇了一跳，開口詢問。

「沒有啦，是我心中的傳言而已，昨晚我瀏覽了這裡的網站……這本書的內容也可以從其他書上看到對吧？這麼貴的書會有人想買嗎？」

「……有人想要喔！」

至少有一個人想要，那就是連住在哪裡都不知道，身分不明的跟蹤狂。

「呼——嗯！」

這句話令她失去興趣的樣子，她轉身背對玻璃櫥窗。

「喔！這樣啊。志田老師最近有來這裡嗎？」

「這星期倒是沒看過他呢。」

「最近好像會過來的樣子，說是有收購書的事想要來商量一下。」

自從偷書那件事之後，小菅奈緒和志田就持續著獨特的交流。聽說兩人會互相借書，然後偶爾會在河邊談論心得。因為佩服志田擁有的書籍知識，所以小菅奈緒就稱他為「老師」。志田雖然對突然出現的學生感到難為情，但也暗自竊喜。

「文化祭是什麼時候？」

我問道。這麼說來，好像暑假一結束就開始準備了。

「下下星期的星期五到星期天。如果方便可以來看啊……」

她似乎突然想起了什麼，帶著憂鬱的眼神看向窗外說道：

「……你還記得那個叫西野的傢伙嗎？」

我皺起臉來，當然不可能忘掉啊！

「嗯，那傢伙怎麼了嗎？」

那個表面上和小菅奈緒要好，私底下卻討厭她的同班同學。她之所以偷志田的書就是為了送禮物給西野。我雖然曾和他說過一次話，不過，對他並沒有什麼好印象。

「暑假結束後，那傢伙說了很過分的話，甩了我的事也在全校傳開了。甚至連把我的手機號碼和電子信箱告訴別人的事，都被大家知道了……上個月的事，你有跟我們學校的人說嗎？」

「怎麼會，我沒有跟任何人說喔！」

原本知道這件事的人就很少。除了兩位當事者之外，就只有我、篠川小姐和志田而已。應該也沒有人聽到這件事才對。

「……啊！」

我回頭望了一下通往主屋的門。這麼說來，之前和前來店裡的志田談論小菅奈緒的事情時，篠川小姐的妹妹就在附近。雖然當時沒有提到文庫本被偷的事情，不過，好像有提到西野的名字。這時我想起了「我妹妹的個性不擅長保守祕密」這句話。真讓人傷腦筋。

「不好意思……雖然不是故意說給別人聽的……不過可能被人聽到了。」

「啊，沒關係，不用在意，我也沒有特別想要隱瞞。」

她大大地搖了搖頭說：

「雖然西野很受歡迎，不過私底下好像也對其他女同學說了很過分的話、做了很過分的事。我的事和他的所作所為一口氣傳開來，現在同年級的女生都不理他了……如此一來男生也不好接近他。那個人現在幾乎都獨來獨往，似乎也離開熱音社了……」

在學校原本有良好地位的人，卻因為一點緣故就完全失勢的情況，我也曾經見過。特別是與團結起來的女生為敵，那可是非常可怕的事。會落到這種下場也是他自作自受。

「和失意的西野在走廊擦肩而過時，我並沒有幸災樂禍的感覺……他因為我的事而變成這樣，反倒令我有點過意不去。這種感覺，該怎麼說呢？」

「……如果對方沒說什麼的話，就不需要特別在意吧！」

「嗯……說得也是。」

那種「感覺」是什麼，我稍微可以了解。那就是對她而言，西野那個少年已經真的變得無關緊要了。和向志田道歉時說出口的逞強不同。

「……嗯？」

望著外面的小菅奈緒，突然瞇起了眼睛。我也跟著她的目光往外望去，不過，拉門外依舊是傾盆大雨。

「怎麼了嗎？」

「剛剛有人從路上看著我們，已經跑走了。」

我立刻走出櫃檯，穿過狹窄的通道將拉門拉開。不斷滴落大顆雨珠的路上，所見之處沒有任何人影，或許已經走過轉角了吧！

「是什麼樣的人？」

我向身後的小菅奈緒問道。

「因為對方穿著雨衣又戴上雨帽……臉雖然看不清楚，不過大概是個男人。那傢伙做了什麼嗎？」

「……沒有！」

我輕輕地關起拉門，如果是普通的客人就沒有逃走的必要。

或許是大庭葉藏現身了也說不定。

「我之後也繼續等下去，但結果那傢伙並沒有再度現身。」

第二天，依舊是文現里亞古書堂。今天是個大晴天，到了下午也沒什麼客人光臨，店裡還是老樣子，只有我一個人在。我正在櫃檯內講電話。和昨天一樣，《晚年》的復刻版依然展示在玻璃櫥窗裡。

「那個……沒事吧？」

話筒的另一邊傳來篠川小姐耳語般的聲音。她特意坐輪椅到走廊上打電話過來店裡。

「關於什麼事？」

「……不是把書……帶回去了嗎……店打烊之後。」

原來是這件事啊，我這才恍然大悟。昨晚打烊後，我把復刻版《晚年》帶回位於大船的家裡，保管在外婆放生意收入的保險箱裡。如果大庭葉藏在舊書店打烊後偷溜進店裡，那麼利用復刻版來引誘他的計畫就會泡湯。

「沒事，什麼事都沒發生。」

雖然有點擔心回家途中會被偷襲，不過完全沒看到什麼可疑男子。

「對不起……還把您牽連進這種事……」

「不用在意，我不是說過要幫忙嗎？」

「那個……請不要太過勉強喔……要是五浦先生您有什麼不測……我……」

我不由得用力握住話筒。「我……」的後續呢？雖然豎起耳朵，不過店內卻響起了拉門被拉開的聲音。

「啊，好像有客人來了……那我掛了。」

我還來不及阻止，電話就掛斷了。雖然覺得有點意猶未盡，不過也沒時間繼續依依不捨了。或許大庭葉藏現身了，我握著話筒直接回頭望去。

「你好！五浦先生！哎呀！在講電話？那麼不用在意我們，請繼續，繼續。我們沒什麼重要的事啦。」

高亢的聲音直達腦門。出現在店裡的人是穿著華麗連身洋裝的嬌小女子，與戴著太陽眼鏡的中老年男子。兩人挽著手臂進入店內。

「好久不見了，之前真是承蒙照顧了。」

男子──坂口昌志如此問候著。這兩位是坂口昌志和他的妻子坂口忍。之前曾發生過丈夫打算賣掉維諾格拉多夫／庫茲明的《邏輯學入門》，但妻子不願賣掉而前來取回的插曲。他們是一對年齡和個性截然不同，感情卻相當融洽的夫婦。

「歡迎光臨，有什麼事嗎？」

我如此問道。坂口昌志先生和之前不同，並未繫上領帶，雖然穿著外套和打摺褲，不過仔細一看，好像並非上班族穿著的西裝。

「前幾天我把工作辭了，所以呢……」

「今天去領了申辦的護照，因為我們當初沒有去蜜月旅行……」

「……打算去歐洲旅行一個月。」

「出發前就想先來打聲招呼！來這裡之前也去醫院拜訪過店長小姐了。」

「這……這樣啊……那還真是……」

兩人輪流以不同的聲音與語調向我說明，讓我一時間有點混亂。這時坂口忍突然一副認真的模樣向我說道：

「我們兩人想趁現在一起多多見識一下世界……在小昌的視力繼續惡化之前，醫生是這麼告訴我們的……」

「忍！」

坂口以清澈有力的聲音打斷她：

「盡量少叫我『小昌』，在旅行時也是。」

「啊，抱歉。」

忍呵呵笑著，然後捂住嘴巴。開口提醒的坂口似乎也不是全然不願意。在旁觀看的我反而覺得不好意思起來。兩人從剛才就一直挽著的手也沒有放開的意思。

「真的要感謝你和篠川小姐。」

坂口在太陽眼鏡底下的眼睛注視著我。那鏡片色澤比以前見面時還要深。

「如果沒遇見你們，我就不會說出祕密吧！」

「不，那件事……」

讓人如此開門見山地道謝還真是不好意思。雖然他說「你們」，不過應該感謝的人並不是我，而是篠川小姐一個人才對。因為她僅從《邏輯學入門》這本書以及間接聽到的對話，就完美地解開坂口背負的過去和現在的祕密——服刑與眼疾的事——我只是在一旁訝異不已罷了。

「那麼，我們差不多該告辭了。」

交談了一會兒後，坂口夫婦往玻璃拉門走去。當我注意到妻子體貼地走在前面時才恍然大悟，他們並非只是因為感情好才挽著手。而是因為坂口忍在前牽引著視力逐漸惡化的坂口昌志。

「……有空請務必再度光臨。」

我朝著他們的背影道別。坂口夫婦對我點頭回禮後，跨出玻璃拉門。正當我準備回到工作崗位時……

「咦，你在那裡做什麼？這樣蹲著身體不要緊吧？」

玻璃拉門外響起坂口忍的聲音，她停下腳步對某人開口問道。看來似乎還有別人在門外。

我急忙跑出店外——這時，穿著雨衣的男人背對我全速奔離。從他的步伐來看，應該相當年輕。因為沒有戴起雨帽，所以可以看到髮型。男人留著一頭沒有染燙的短髮，整體看來並沒有什麼特徵。

「喂！等等！」

我出聲喊道。但對方卻沒有停下腳步，馬上就跑進轉角後不見蹤影。因為還開著店，所以沒辦法追上去，我再次面向坂口夫婦問道：

「請問有看到剛剛那個男人的臉嗎？」

兩人一瞬間彼此互望了一眼。

「……沒有，他一直蹲在那個招牌旁邊，還背對著我們。」

坂口昌志指了指旋轉的招牌。

他到底在那裡做什麼呢？我稍微轉動了一下招牌，上面沾滿液體，還發出奇怪的臭味，似乎是揮發性的化學物——

（是汽油！）

我大驚失色，招牌被潑灑了汽油。仔細查看之後發現，在不鏽鋼底座附近有一件小東西掉落在旁。一定是逃走的男人丟掉的物品。

那是可拋式打火機。

「……我認為還是該把大庭葉藏的事情告訴警察比較好。包括至今為止的所有事情。」

我對著話筒說道。說話的對象和剛才一樣，是篠川小姐。我寄了封簡訊給她，請她盡快打電話過來。

「要是店被燒掉就為時已晚了啊！」

從坂口夫婦離開後大約過了一個小時。我的背脊不禁感到涼意，如果那兩人沒有恰巧過來的話，後果就不堪設想了，說不定現在這家店早已化成灰燼。

「嗯……就照您說的報警比較好呢……既然發生了這種事……」

篠川小姐像在確認自己的話似地緩緩說道：

「只是……有一點令人感到介意。」

「是什麼呢？」

「那真的是大庭葉藏的傑作嗎？」

「咦？」

我對著電話發出疑問：

「這是怎麼回事？」

「大庭應該會認為那本書就展示在店裡。那又為何會做出縱火行為，讓一心一意想得到的書陷於危險中呢？」

我一時間不知該如何回答。

「……或許是想先引發騷動，然後再趁亂偷書？」

「如果只是為了要引起騷動，還有很多方法可以不讓目標的書本陷於危險中……例如，在店外發出巨大聲響之類的。」

「但是，除了他之外，應該沒有其他人會做這種事吧？」

我不了解篠川小姐執著的理由為何，她所說的只不過是一些枝微末節的小事。

「說得也是……雖然有點麻煩，那麼可以請你幫忙聯絡一下警察嗎？」

「好的，我知……」

正要回答時，我突然聞到了一股強烈的異臭，像是東西燒焦的味道。抬頭一看，玻璃拉門外已經冒起一陣黑煙，模糊一片。

「糟了！」

我趕緊扔下話筒，抓起事先準備好的滅火器。一口氣穿過通道，拉開拉門。「文現里亞古書堂」的立式招牌已經被橘色的火焰吞噬。我呆立的時間不過一瞬間，連忙讓自己振作。燃燒的地方只有招牌而已，並沒有延燒到建築物，這種程度的火勢，應該很快就可以滅掉。

我拉起滅火器的安全插銷，將塑膠管指向火源、壓緊握桿。白色粉末發出嘶嘶聲響從塑膠管前方噴射出去，覆蓋住飄竄起的黑煙。

也許是滅火器比較老舊，始終沒辦法把火熄滅。火都還沒熄，粉末的氣勢就開始減弱，眼看火焰就要反撲起來——完蛋了！正當我萌生這樣的想法時，火總算熄滅了，只剩下煙霧還殘留在空中。

鬆了一口氣的我環視四周。四周瀰漫著霧氣，視線相當模糊。但我仍然發現在距離十步遠的電線杆後面，站著一個穿著雨衣的男子。恐怕就是剛才看到的傢伙。

「……是大庭嗎？」

男子一聽我開口問，立刻像要撞開電線杆般奔逃而去。毫無疑問，那個傢伙一定就是犯人。

讓篠川小姐身受重傷，又企圖對書店縱火的男人。絕不能錯失這次的機會，我扔下滅火器從後面全速追上去。

原本以為立刻可以追上，因為我對自己的腳力相當有自信——但對方跑得更快，距離逐漸拉開。明明人就在眼前，但看來應該無法抓到他了。

「可惡……」

正當我咬牙痛罵時，前方岔路突然出現了兩台腳踏車。一台是置物籃又大又破的城市單車，另一台是看起來頗快的越野公路車。騎車的是小平頭男與模特兒氣質的美形男奇妙二人組——也就是背取屋志田與笠井。逃走的男人差點撞上志田的腳踏車。

「嗚哇，危險啊！」

志田大叫起來。那名男子為了避開這兩人而停了下來。就在這瞬間趕到的我，緊緊抓住他的雨衣衣領。

「放開我！」

轉過身來的男子想將我的手指扳開，不過，我好歹也擁有柔道段位。抓住對方的手腕之後，直接給他一個側肩摔，將他的後背摔在柏油路上，接著再以迅雷不及掩耳之勢給他一招袈裟固（註1），讓他肩部以上完全無法動彈。

「老實點！大庭！」

我雙手使力地向他如此大喊。在極近的距離俯視下，他的臉比想像中還要年輕許多。應該才十幾歲吧，臉上還留有些許稚氣。雖然是第一次見到——不，仔細一看，我好像曾在哪裡見過這張臉。

「大庭是誰啊！喂，你太重了啦，蠢蛋！」

少年痛苦地呻吟著。我不由得瞪大雙眼，因為他的頭髮染回了黑色，所以我遲了一會兒才發現——我現在制住的人是小菅奈緒的同班同學——那個叫西野的少年。

在那之後，後續的處理進行得很順遂。

迅速趕到現場的員警帶走了西野，並在書店前進行現場採證。除了招牌上留下一大片燒焦的痕跡，以及被滅火器粉末弄髒的道路外，店裡並沒有什麼特別的損失。

連問都不用問西野為什麼要做這種事。因為在警察抵達現場之前，他就對我們嘰哩呱啦地說個不停。如果把他對我的謾罵與惡劣行徑都省略掉的話，幾乎可以歸納成一句話。

「……總之，就是挾怨報復而已啊。」

註1：柔道招式，以雙手繞住對方脖子使其無法動彈的招式。

在警察撤離之後，笠井錯愕地說道。我與志田、笠井三人圍在文現里亞古書堂的櫃檯旁。他們兩人剛好為了商量賣書的事而前來我們店裡，所以也一直陪我等到警察撤離——不僅如此，他們還在我向警察說明情況時，順便幫我顧店。

「似乎只是這樣呢。」

我也跟著嘆了口氣。

西野的說詞如下——他會在學校遭到其他學生孤立，是因為有人調查了自己的隱私，還私底下散布出去。最可疑的人當然是小菅奈緒，不過，一定還有其他「犯人」。

他一直跟蹤小菅奈緒到這家店——這還真是小題大作。昨天小菅奈緒看到的可疑人影，就是正在偷窺店裡的西野。

西野看到我與她十分熟稔地交談著，發現我就是暑假裡跟他搭話的男人，於是「恍然大悟」下，心想知道自己洩露小菅奈緒個人隱私的人，除了自己，就剩下這個男人了。所以，他便認定我就是一切的罪魁禍首，並說沒有打算要把整間店燒掉，只是想讓我嚐點苦頭而已。

「一開始見到時都沒有發現嗎？你們之前不是曾見過面？」

志田向我問道。

「之前向他問話時，他是金髮啊！」

改變髮色似乎只有在暑假期間而已。因為校規禁止脫色染髮，所以他在九月前又把頭髮重新染黑了吧。

「總之，可以在這裡逮到他實在是萬幸。否則放任不管的話，事情一定會變得不可收拾。」

志田語帶輕蔑地說著。他從剛才開始心情就不好，因為西野那傢伙也說了對這家店縱火之後的預定計畫。他好像也打算對小菅奈緒家做同樣的事，到時就不見得能像我一樣順利滅火了。

「總之事情到此告一段落，因為已經抓到人了。」

笠井笑著安撫，志田也點頭說道：

「……算了，說得也是！」

我也跟著陪笑，但對這家店來說，事情還沒全部解決，關於大庭葉藏的事等於又回到了原點。這兩天大庭葉藏完全沒有動靜，來店裡的人都只有志田他們這些熟客而已。

我已經事先傳簡訊給篠川小姐說明西野縱火的事。因為狀況有變，雖然向警察隱瞞了大庭的事情，不過還是打算晚一點到醫院和她商量今後的對策。

「喔！這不是《晚年》的初版嗎？竟然有進這樣的珍品。」

站在玻璃櫥窗前的志田發出感嘆的聲音。

「不是的……這本書是店裡原本就有的收藏……」

我語帶模糊地說道。對書籍不熟的笠井還另當別論，但我不想讓眼光銳利的志田看得太過仔細。

「男爵你也來看一下，初版的未裁切書可是百年難得一見喔！」

「咦？那麼稀有嗎？」

笠井也朝玻璃櫥窗靠了過去。

「你開什麼玩笑啊？這是理所當然的啊……咦？喂！這不是復刻版嗎？」

尖銳的聲音在店內響起。我咂了一下舌頭，被拆穿了嗎？真的沒辦法騙過志田的眼睛。

「啊——果然被你看出來了？」

「這還用說嗎！紙太新了！為什麼會賣這種東西？應該不是真的想用這種價格來賣這本復刻版吧！」

「怎麼可能……那是……為了安全才沒有展示真品。所以才拿這本書來代替展示而已……」

我語無倫次、支支吾吾地解釋著。不過，志田卻明顯地露出不能接受的表情說：

「這家店做的事還真古怪……如果讓內行人看到的話，一定立刻就會被拆穿不是嗎？至少要把封面弄髒才行嘛！」

「我倒是覺得滿像真的。」

笠井在玻璃櫥窗前扠著腰，歪著頭說道：

「真品放在哪裡呢？」

「由住院的篠川小姐保管著。」

「放在病房啊，真是太不謹慎了。」

志田的臉皺得愈來愈厲害。

「病房裡面有保險箱喔！」

「……我跟你說……」

志田的身體往櫃檯靠了過來。我的眼睛不由得迴避了他的目光。

「故意展示復刻版的舊書店可是非常不尋常喔。我不認為那位店長小姐會故意欺騙客人……是不是有什麼不可告人的隱情呢？」

「並……並沒有……」

不理會我的回應，志田繼續說道：

「如果能力所及，我會盡量幫忙喔！因為一直都很受你們照顧啊！」

「我也會幫忙，雖然對書籍的事不是很懂。」

笠井也開朗地表示。

我稍微陷入沉思。把所有一切告訴兩人，請他們幫忙也不錯啊。不，還是先跟篠川小姐商量一下？她應該不希望把連我以外的第三者也牽扯進來。這件事從頭到尾都是她私人的事件。

「……請讓我考慮一下。」

我向兩人回答。這時候，傳來細微的手機震動聲。

「啊，對不起，好像是客人的電話。」

是笠井的手機響了。他鑽出拉門走到店外，開始講起手機。他正口齒清晰地說明遊戲機的收購價格。似乎有客人想要賣遊戲機。

我和志田盯著笠井的背。他的身高和我差不多，比拉門的門楣還高，從我站的地方只能看到他耳朵以下的地方。

「……男爵這傢伙今天有點古怪。」

志田突然如此說道。

「是嗎？」

「因為他假裝像是不知道《晚年》的初版，他怎麼可能會不知道呢。」

「他不是對書籍不熟，不知道也很理所當然吧？之前他也這麼對我說過喔。」

他之前曾提過，因為對書不熟，所以買賣的商品以遊戲和ＣＤ為主。

「你啊，那是謙虛啦，謙虛！聽他的名字不就知道了？他可是男爵喔！」

不，我完全不懂。男爵不是志田從外表替他取的外號嗎？當我還一頭霧水時，志田受不了似地嘆了一口氣：

「在這個業界只要是喜歡書的人，提到背取屋和笠井，應該都會察覺才對……不過算了，你就算不知道也不能怪你。」

「這是怎麼回事？」

「笠井怎麼可能是本名？只是耍帥地自稱而已啊！」

我的背脊突然竄起一股冷顫。

「你應該有看過那傢伙的名片吧！笠井菊哉，那是梶山季之寫的《背取男爵數奇譚》的主角名字，內容就如同書名，是一本以背取屋為主角的小說。所以我才叫他男爵啊！」

原來有這樣的由來啊，我想都沒想過。不，比起這點更讓我在意的地方，就是以小說中的主角名自稱——最近才剛聽過這樣的人。

大庭葉藏——收錄在《晚年》的短篇故事裡面的主角名。

我急忙將思緒拋到腦外，不，怎麼可能會有這種事。

「志田大叔你和笠井先生認識很久了吧！」

「沒有，也沒有很久啊！」

志田很乾脆地搖搖頭說：

「今年夏天來這裡時，不是說過最近才認識他的嗎？應該還不到兩個月吧。」

兩個月的話，剛好是篠川小姐受傷的時候。突然間，我覺得笠井的背影變得相當陌生。雖然我也沒資格說別人，不過笠井的身高比常人高很多。

篠川小姐也說，大庭葉藏的身高很高。

「……他住在這附近吧？」

我的目光沒有從笠井身上移開，開口問道。

「是沒錯……不過，好像有點複雜。他原本是出生於長谷的富貴人家，祖先們好像也葬在那裡。但是後來欠了不少債，金額愈滾愈大，在他父母那一代時就把房子賣掉搬離鎌倉。有一陣子好像住在東京，不過因為工作關係，才又搬回鎌倉。」

長谷這個地名聽來耳熟，那就是篠川小姐展示《晚年》的文學館所在地。如果歷代祖先都葬在那裡的話，就有可能前來掃墓。之後順道遊覽附近的觀光勝地也就不足為奇了。

從篠川小姐口中聽到大庭葉藏的事情那時開始，我就覺得有點疑惑。就是為什麼這兩個月大庭都沒有和篠川小姐聯絡——他雖然恐嚇篠川小姐交出《晚年》，但是，不可能毫無行動便將書得手。那麼，他暗中在籌劃些什麼呢？

或許他正在進行一些必要的準備？首先和認識篠川小姐的志田混熟，摸清楚這家店的動向，接著再與我這個店員接觸。這一切都是為了套出《晚年》所在位置的步驟。

當然這一切都只是我的想像而已，沒有任何證據，我也沒有任何盤問人的技巧。

我唯一能做的就是試探。

走出櫃檯後，我謹慎地走近笠井。這時他剛好向對方道完謝，結束通話。面對著將手機放進口袋的笠井，我假裝若無其事地向他搭話。剛結束通話的瞬間，人都會稍微放鬆一下。

「啊，大庭，現在方便嗎？」

我如此叫著，笠井微傾著脖子疑惑地回過頭來。很可惜他並非粗心大意的人，沒有反射性地回答「是的」，而是帶著自然的笑容指著自己說：

「我叫笠井啊！」

他以開朗的聲音回答著。我渾身僵硬，果然是這傢伙沒錯，我心中的懷疑已經變成確信。我緩緩地搖搖頭道：

「你不是笠井，而是大庭葉藏。雖然那也不是你的本名。」

「你在說什麼啊？我一頭霧水。到底是怎麼回事？」

他應該已經發現我在試探他了，不過，還是打算徹底主張自己並非大庭——可惜，這樣裝糊塗是行不通的。

「你為什麼會認為我是在叫你呢？」

我指向道路。剛剛正好有一個看似要去購物的主婦通過店門口，聽到人呼叫陌生的名字時，通常會認為對方是在叫附近的人才對。若非曾聽過這個名字，否則不會立刻做出反應。

沉默持續著。眼前的男人輕輕瞇起了眼睛。

「……真令人意外呢，不只是那個女人，你也是個名偵探嘛。」

帶著嘲諷的語氣，笠井菊哉——大庭葉藏如此說道。我只是默默地瞪著對方。就是這個男人讓她受了重傷。我告訴自己，他是一個不知道會做出什麼事的男人。當我全神貫注地擺出陣勢以便隨時都能制住他時……

「沒辦法了！」

大庭低語一聲就衝了出去。騎上停在店旁的腳踏車後，他立刻以飛快的速度逃逸。我就這樣眼睜睜地看著那巨大的背影消逝在傍晚的暮色中。雖然那迅雷不及掩耳的逃脱速度令我一瞬間茫然失措，但全身的汗毛也隨即直豎了起來。

「拜託幫我看一下店！」

我對著瞪大雙眼的志田大叫一聲，帶著手機騎上停在店門口的速克達追了上去。既然真面目被識破，那麼不用說也知道接下來他會做什麼。就是不擇手段地把《晚年》搶到手。

剛才他詢問時，我沒有留意就隨口回答了。

真的初版《晚年》由住院的篠川小姐保管著。

大庭前往的方向是醫院。刻不容緩，必須儘早告訴篠川小姐危險已迫在眉睫才行。我按著手機按鍵的手指微微顫抖著，簡訊寄出後立刻便前往醫院。

在騎著速克達前往醫院的途中，口袋裡的手機傳來一陣陣震動。我盡可能在不減速的情況下拿出手機，低頭瞄了一眼手機畫面，是篠川小姐回覆的簡訊。簡訊上寫著極短的內容：

【往屋頂逃。製造破綻。麻煩了！】

闔起手機後，我開始思考簡訊的內容，因為在病房很危險，所以要逃到屋頂的意思吧！這點我可以了解，但「製造破綻」指的是什麼呢？

我挑了最短的捷徑，大概五分鐘左右就抵達了大船綜合醫院。將速克達停在正門時，我看到了一台眼熟的腳踏車橫倒在花圃附近。

我瞬間停下了腳步，那是大庭的腳踏車。雖然已經猛催油門了，但似乎還是無法趕在他的前面。那個男人已經在醫院裡了吧！

正當我朝自動門衝過去時，眼前似乎落下了一條布製品。那是一條紫色的綢巾，我正打算揮開時，卻發現這條綢巾有點眼熟。那是包裹《晚年》的那條綢巾。

我抬頭看向大樓上方，病房大樓裡的每個窗戶都緊閉著。這條綢巾肯定是從屋頂掉下來的，雖然不知道是故意丟下，還是偶然落下，但可以知道的是，篠川小姐現在人應該在屋頂上，希望她沒有被大庭找到。

我帶著祈禱的心情穿過玄關，跑向電梯。門診的掛號時間已經結束，沒有點燈的大廳上幾乎空無一人。兩部電梯也都跑到其他樓層了。

我咂了下嘴跑上樓梯，自己的腳步聲聽來異常響亮。心中對剛才在店門口讓大庭成功脫逃的事深深懊悔，應該更早一步發現的啊！——我通過幾層樓梯的轉角平台，粗魯地打開位於盡頭的大門。

眼前是一整面由白色護欄圍住的水泥地空間。將近日暮時，似乎沒有人會特意前來此處，微暗的屋頂上只有兩個人影。

看著回過頭來的兩人，我的手腳不由得僵硬。一個是坐在輪椅上的篠川小姐，胸前緊緊抱著《晚年》。在她面前幾步之遙的人是高眺的卷髮美青年——大庭葉藏。他找到篠川小姐了。

「大庭！」

正打算衝入兩人之間的我，霎時間呆若木雞而停下了腳步。大庭的手上拿著一把大剪刀，就是以前曾說過會一直隨身攜帶的那把剪刀。銳利的尖端正朝向篠川小姐姣好的臉龐。她臉色蒼白地以眼神向我示意——似乎是叫我不要輕舉妄動。

「沒錯，他還是不要動比較好。」

大庭以清晰的聲音喊道：

「我雖然不會傷害書，但對人卻毫不留情喔。」

與做作卻親切的「笠井」有著相同的語調，我腦中混亂不已。看著眼前說話的人，實在讓我不敢置信，真的就是這個男人將篠川小姐推下石階嗎？

「……就算把書搶走，也應該無法逃離這裡吧。」

我盡量以不刺激他的口吻，平靜地和他搭話。

「我可不這麼認為。」

大庭輕哼了一聲笑道：

「你們連我的本名都不知道，只要離開這裡，就算警察想逮捕我也很困難。之後，只要換張臉，換個地方重頭來過就行了，暫時到國外避避風頭也行。」

他滔滔不絕說出的計畫，規模大得令人震驚。但如果從他推落篠川小姐、移居鎌倉、使用假名來接近書店等種種事情看來，會想出這樣的計畫也不足為奇。

「……為了區區一本書，有必要做到這種地步嗎？」

我不假思索地說。這時，大庭的臉上突然浮現出輕蔑之色。有如看著廚餘般，他嘲諷地瞥了我一眼。

「像你這種人怎麼會懂？就算這本書就在眼前。」

大庭手上的剪刀尖端，朝向篠川小姐抱著的《晚年》指去。

「發行量極少的書，歷經人們之手還能保存得這麼完美，可以說是一種奇蹟。完全不知道這點的人才更令人驚訝。除了書的內容之外，這本書所歷經的命運也有故事……我想要連同這段故事一起占為己有。」

我隱約有種似曾相識的感覺——大庭的這段話與篠川小姐說過的話很像。但，只是有這種感覺而已。

「就算是從別人手中硬搶過來也無所謂嗎？」

「有什麼關係，這本書上不是有寫嗎？『秉持自信而活吧　生命萬物　無一不是戴罪之子』……這句話就是在祝福我這種人。我只要有書，其他什麼都可以不要。不管是家人、朋友還是財產，甚至連姓名都可以不要，這就是我真正的想法。不管要做出多大的犧牲，不管要花多少年，我都一定要得到這本書！」

大庭紅著眼大喊。我的背脊震了一下，原以為只要抓到這個男子一切就可以解決，但顯然他不是那麼好對付。即使遭到逮捕被判有罪，離開監獄後他依然還會想盡辦法來奪取《晚年》吧！或許他會纏著篠川小姐一輩子。

「這個女人和我很像，和我有著相同的味道……只要被書包圍著就能感到幸福。」

「別把她跟你混為一談，你們根本完全不同。」

雖然我如此反駁，但腦中卻閃過病房中堆滿舊書的情景。篠川小姐喜歡書這點無庸置疑，但她和這個男人卻有決定性的不同。那就是她不會傷害別人、欺騙他人，這點我非常清楚。

「差不多也該結束話題了吧！你可不可以也替我勸勸她，叫她快點把書交出來。」

我突然發現一件事。大庭之所以沒有強行奪取篠川小姐手中的《晚年》，是因為他害怕把書弄破或弄髒。正因為知道這一點，所以篠川小姐也緊緊抱住那本貴重的書。

「……我的時間也不是多到用不完啊。」

大庭慢慢地將剪刀尖端朝她的臉接近。雖然動作非常謹慎，但是若篠川小姐不把書交出來，他什麼事都可能做得出來！這麼一來，別說什麼保護自己了，如今連走路都有問題的她處境相當危險。

我下定決心要趁隙飛撲過去。第一要務是保護篠川小姐，其次才是《晚年》。雖然還有點距離，但只要能抓住身體的某個部位，就算遭到掙扎我也有自信能制服對方。我以滑步方式緩緩接近大庭，並稍微降低重心。

「我和你不一樣，大庭葉藏先生。」

就在此時，一直保持沉默的篠川小姐突然慢慢開口說道。我不由得停下動作。她以蘊含強烈意志的眼神看向大庭，似乎完全無視剪刀的尖端一樣。這突如其來的變化讓大庭也為之一愣。

「我一直在想……比起舊書，我還有更重要的事物。所以應該讓一切都劃下句點吧。」

她利用還能行動的左腳踢了一下地面。輪椅迅速地往後退去，在撞到距離一公尺左右的護欄後停了下來。大庭與她的距離片刻間稍微拉遠，正當大庭想要再度拉近距離時……

「不要過來！」

篠川小姐像盾牌一樣舉起《晚年》。紙的質感與放在店裡的復刻版不同，這一本看起來比較老舊。在逐漸被黑夜籠罩的屋頂上，篠川小姐翻開了封面的襯頁，太宰的親筆文隱約可見——

「秉持自信而活吧　生命萬物　無一不是戴罪之子」。

「太宰大概是想要鼓勵某人才贈送了這本書。在祖父獲得之前，這本書到底有怎樣的經歷我並不清楚。但是，我卻因這本書而受了重傷。你大概也會被警察逮捕吧……經過七十年的光陰，這本書已經和太宰活著的時候不同，變成一本無法讓任何人獲得幸福的書。」

她把手伸進睡衣的胸前口袋裡，拿出一樣東西。

「這本書是一切的罪魁禍首，所以……」

黑暗中響起的凜然聲音，稍微有點顫抖。看見她在指縫中握住的東西，讓我差點發出驚叫。那是可拋式的打火機。

「就讓一切全部結束吧！」

「住……住手！」

就在大庭吶喊阻止時，打火機也同時點燃。火勢轉瞬間從包覆著封面的防潮紙蔓延開來，她毫不猶豫地將《晚年》往護欄外丟去。

宛如自己遭火紋身一樣，大庭發出尖銳的哀號，企圖越過護欄，追上以拋物線被拋出的《晚年》。我急忙也追了上去，在千鈞一髮之際，抓住了正朝空撲去的大庭腰帶。

「笨蛋！你在幹什麼！」

這家醫院有六層樓高，跳下去可是會沒命的。就算如此，大庭依然大吼大叫地拚命掙扎。《晚年》掉到了門口上方突出的混凝土屋簷上，持續燃燒著，已經不復書的原狀。

趁著大庭的力道稍有鬆懈之際，我以裏投（註2）的技巧將對方摔到水泥地上，接著扣住他的關節，並將身體壓了上去。雖然他的體格和我差不多，不過我還是順利壓制住他。大庭似乎沒有學過武術。

樓梯傳來一陣喧嚷與腳步聲，一定是發現到這裡的吵鬧吧！應該馬上就會有人過來。大庭在我的壓制下還企圖掙扎，悶悶的呻吟聲聽起來像在哭泣一般。

我呼了一口氣回頭看向篠川小姐。她渾身乏力般地攤坐在輪椅上——這時我忽然想起了她寄來的簡訊內容。「製造破綻」這句話，一定就是指剛才的事吧！打從知道大庭要來醫院時，她就打算要把《晚年》燒毀吧！

「……真的沒關係嗎？」

我不由得如此問道。到現在我還無法相信，她這個愛書狂竟然會這麼做。篠川小姐沉思了一會兒後，斷然說道：

註2：柔道的技巧之一，抱住對方將對方身體往左後方投擲。

「是的……非得這麼做才行。」

價值數百萬的書就這樣化成黑色灰燼，在空中四散而去。她以沉穩的眼神注視著。那平靜的模樣令我感到驚訝，感覺像是不曾失去任何東西。

大庭應該不會再威脅她了，事件就此落幕。

「……咦？」

篠川小姐伸手撿起一件物品，那是男用的皮製卡片夾，因為不是我的東西，所以一定是大庭掉的。對摺的卡片夾裡面掉出了數張卡片，她抽出其中一張，一看之後臉色大變。

「五浦先生……這個……」

她以嘶啞的聲音說著，將那張卡片拿給我看。在昏暗的夜色中，我盡可能把臉靠近過去。那是一張駕照，照片上的人是大庭，不過，名字卻不同。

「田中敏雄」

這才是他的本名吧！既不是笠井菊哉，也非大庭葉藏。怎麼說，還真是滿不起眼的名字，會使用假名或許也是這個緣故吧——

「咦？」

我一陣錯愕，一個月前我曾見過類似的名字。我低頭俯視自己壓制住的男子。身材和我一樣高大，這麼說來，篠川小姐曾說過我和大庭葉藏的聲音很像。

他好像曾向志田提過，自己出生於鎌倉的長谷，歷代祖先也葬在這一帶。如果事實真是如此，那麼這個男人的祖父自然也曾住在鎌倉才對。

「……莫非……你的爺爺是田中嘉雄？」

我低聲問道。田中嘉雄，或許是外婆的情人——而且，也可能是與我血脈相連的人。田中敏雄扭曲著嘴唇看著我說：

「我的爺爺就是田中嘉雄……這關你什麼事嗎？」

「我們田中家從明治時代起，代代經營貿易公司，在爺爺繼承家業時，據說還挺闊氣的。但最後就只剩下我存活下來……現在又落得這副下場。」

田中敏雄帶著自嘲般的說法笑道。他的鬍子已經長長了，看起來有如狂野的型男。讓我不禁覺得人長得帥就是有這種好處。

「我的名字是爺爺取的，很差勁的名字對吧？只是把自己的名字稍微改了一下而已。」

我們隔著透明的分隔板面對面。在田中遭到逮捕後的第五天，我到拘留所與他會面。

根據刑警表示，口供問得相當順利。不管是推落篠川小姐的事，還是闖進篠川小姐家主屋的事，他都坦率地認罪了。田中因傷害、竊盜未遂、恐嚇等多項罪名遭到起訴，所以應該無法避免實際入監服刑。

不僅如此，在深入調查田中敏雄的過去後，發現過去惹出的問題也多不勝數——他以前曾經在舊書店工作，但卻把店裡的商品據為己有當成自己的收藏。被書店解僱後，他在網路上從事舊書的買賣生意，不過也引發了詐欺的爭議糾紛，似乎還犯下過許多起漏網的罪行。

「你爺爺……那個，已經去世了嗎？」

稍微遲疑了一下之後，我開口問道。因為當初開始在文現里亞古書堂工作，也是認為或許可以打聽到田中嘉雄的消息。

「……你一直問我爺爺的事呢。」

「沒有啦，其實，你爺爺好像跟我的外公外婆感情很好，還曾經來我家玩的樣子……所以經常聽到你爺爺的名字。」

「什麼嘛，原來是這麼回事啊。」

田中一點也沒有起疑，點頭說道：

「我爺爺在十五年前就去世了，就在賣掉鎌倉的房子，舉家遷往東京不久之後。」

「……這樣啊。」

如此一來，就沒有人知道我外婆和田中嘉雄的關係了吧。雖然無法得知詳細內情令我感到遺憾，不過，外婆的祕密也因此得以石沉大海，這也讓我感到安心。

「你爺爺是怎樣的一個人呢？」

「是個身材相當高的人，看照片的話我和爺爺長得很像。聽說他是個喜歡照顧人的老好人，交友也相當廣闊。似乎和電影演員、導演也有來往，常一起吃飯、喝酒的樣子……那個，大船以前不是有一座拍攝片廠嗎？」

我掩飾著表情點頭示意。感覺好像知道了田中嘉雄與外婆認識的機緣。

「但是，因為公司經營不善，沒錢之後大家就各奔東西了。在我出生時，除了房子以外就已經沒有任何財產了。為了多少賺回一些財產，我的父母拚命地工作，我則是由爺爺撫養長大……幾乎都是過著兩人相依為命的生活。

爺爺很熱心地照顧我，從小就一直說舊書中的故事給我聽。因為他年輕時是舊書收藏家。關於舊書的知識幾乎都是爺爺教我的……不過，那時候家裡已經連一本舊書都不剩，全都拿去典當變賣了。

那時我雖然非常喜歡舊書，但都只是聽爺爺說而已，完全沒書可看。是一個想看書卻無法如願的小孩……」

聽著聽著，一陣奇妙的感覺湧上心頭，他的生平有些地方竟與我如此相似。讓我不由得感到一股莫名的親切感。

「告訴你一件事……一件我不曾跟任何人講過的事。」

田中像是興致勃勃地挺起身子，雙手撐在透明的隔板上。監視的員警雖然皺起眉頭，不過最後卻什麼都沒有說。

「那本《晚年》，很有可能原本是我爺爺的收藏品。」

「咦？」

我雙眼圓睜。那反應似乎讓他感到很滿意，他繼續說道：

「我爺爺經常感嘆……因為缺錢所以把未裁切的《晚年》簽名書賣掉，不過卻被低價買走了。相當不甘願的樣子！」

感覺好像稍微能了解田中對《晚年》如此執著的原因了。他把那本書當成是爺爺的遺物了吧！舊書除了書中的故事之外，那本書本身也擁有故事——這時我深深地體會到篠川小姐曾說過的這句話。

雖然，那本書已經蕩然無存了。

（……嗯？）

我的心裡突然隱約掠過一股異樣感。五天前在醫院屋頂上時也曾有過相同的感覺。

「話說回來，那女的如何了？還是老樣子在醫院裡悠哉地看書嗎？」

這時，田中突然不屑地說道。看來他好像還怨恨著把《晚年》燒掉的篠川小姐。我下意識地回瞪過去。

「……還在醫院啊，造成這個原因的人就是你！」

這個男人沒資格對篠川小姐說三道四。不知道是不是因為無話可說了，田中咂著舌，把臉轉到旁邊說道：

「如果不那麼做，她絕對不會交出那本書……我會這麼認為，是因為那女的一看就是我的同類。只不過我搞錯了，那女的並不喜歡書，喜歡舊書的人絕對不會那麼做。」

「為什麼你可以說得這麼武斷？」

不管是誰都可以看出，篠川小姐是非常喜歡書的人。我也知道這樣的人，因為在我的家人之中也存在著「書蟲」。

可是，田中敏雄並不打算否定自己的說詞。

「沒錯，我可以斬釘截鐵地這麼說。就我所知，收藏家是絕對不會燒書的，就算不擇手段也要把書留在自己的身邊才對。」

又這麼說了，我雖然想要反駁，但又啞口無言。

（就算不擇手段也要把書留在自己的身邊。）

腦中那幾股懸而未決的異樣感，好像突然相互連在一起。

五天前的那時——不，應該說更早之前我就覺得有些奇怪。在店裡等「大庭葉藏」上鉤時也是，在那之前被告知《晚年》的事情時也是。

不知不覺間，我已經踢開椅子站了起來。

原來是這麼一回事嗎？已經沒有其他任何可能了。

「你怎麼了？臉色很差喔！」

田中詫異地盯著我的臉，我則緩緩搖頭。這是絕對不能讓田中知道的事。

「……我差不多該回去了。」

差點就脫口說出再來看你這句話，不過最後並沒有說出口。只要沒有坦白彼此血脈相連的事，我跟這個男人就已經無話可說了。之後也沒有見面的必要才對，我向員警打了聲招呼，打算離開會客室時……

「上個月見面時，我就覺得了。」

田中在我背後出聲說道：

「之前，我們是不是曾經在哪裡見過？跟你說話時，很容易會不由自主地一直說下去……總覺得我們好像有過一段交情。」

一瞬間我不知道該如何回答。的確有段交情，但是並非我們，而是祖父母那個世代。

「沒有啊，我們是素昧平生的兩個人。」

敲了一下病房的房門，但沒人回應，我便直接打開門進入房間。

篠川栞子正閉著眼睛，躺在可調式病床的床墊上，膝上放著一本打開的書。和我初次來到這間病房時的情景非常相似。

略帶秋意的柔和陽光灑滿屋內，她那滑順的臉頰和手上的汗毛散發著白色的光輝。心想著她果然是個美人的同時，我將椅子拉近坐下。

椅腳摩擦地板發出刺耳的聲響。我因為腦袋中想的事情太多，不覺有些疲憊，已經無暇保持安靜。她慢慢地張開眼鏡底下的細緻眼瞼。

篠川小姐發現到坐在旁邊的我，似乎感到難為情，又急忙低下頭來，假裝調整眼鏡來掩飾通紅的臉頰。

「那……那個，對不起……因為……我沒有聽說，您……您今天會過來……」

「對不起，我是臨時順路過來的。」

她有點心神不定，眼神四處游移。不過，我覺得和一個月前相比，這樣已經好很多了，她想講什麼也更容易了解。此時，正是她不知所措，感到害羞的表現。

想到接下來不得不說的事，我的心情沉重了起來。

「我今天和田中敏雄見了面。」

她的黑色眼眸一動，稍稍瞧向了我。在這一瞬間她思考了很多事情吧……

「……是嗎。」

她如此簡短地回答。因為她沒有問我到底談了些什麼，所以我只好繼續說道：

「他說篠川小姐喜歡書是騙人的。」

「……為什麼呢？」

「因為妳把《晚年》燒掉了。」

「……關於這件事，五浦先生您有說些什麼嗎？」

「我問他為什麼可以說得這麼武斷。」

「……那……那句話是在說什麼事情呢？」

「當然是在說篠川小姐妳不喜歡書的事情，其他還會有什麼事嗎？」

「……」

她沉默了。我的神情和僵硬的語調已經道出來這裡的原因了吧！她似乎也感覺到了，不過，還不打算向我坦白的樣子。

「篠川小姐妳喜歡書對吧？」

「……我覺得是。」

那回答，像是已經把真相全都說出口了一般。

我指向放在架子下層的保險箱。

「可以再讓我看一次那個保險箱裡面嗎？」

她默默地解開睡衣的鈕扣，把手伸進胸口。不常曬太陽的她，肌膚看起來相當蒼白，從胸口拿出的是一把小小的鑰匙。我收下鑰匙，打開保險箱。

保險箱裡放著一個紫色綢巾的包裹。很遺憾地，一切都和我的猜測一樣。

我坐回椅子，打開膝上的包裹，綢巾裡出現了一本書，發黃的白色封面上，印著手寫字的書名。未曾裁切的書頁仍封在一起，當然書腰也在。

謹慎地打開封面後，襯頁上以細毛筆寫著字。全部都和以前看到的一模一樣——「秉持自信而活吧　生命萬物　無一不是戴罪之子」。

在我膝上的這本書，是應該已經燒毀的初版《晚年》。

「這一本是真的《晚年》對吧！」

我如此說道。這句話並非質問，只是單純的確認。

「那時燒掉的書也是複製的假書。」

「……您為什麼會知道？」

篠川小姐低聲問道。

「一開始我就覺得很奇怪。為什麼……」

正打算開始說明的我發出苦笑。這樣的前言並不適合我。一直以來都是她在述說真相，而我只是聆聽的角色——雖然立場顛倒，不過也只能繼續說下去了。因為，這次的解謎者是我。

「為什麼不報警處理？即使不報警，為何也不求助他人呢……就算有各種理由，但只憑我和篠川小姐兩人獨自去找出『大庭葉藏』還是太奇怪了。」

「……」

「不過，最關鍵的還是在五天前。之後我想了一下……當我寄出有危險的簡訊時，為什麼妳沒有向醫院的人求救。」

而且還特地逃到人跡罕見的屋頂上。明明只要逃到其他有人的地方，就可以不用受到那男人的威脅了。

「我覺得這一切可能都是妳精心策劃的。選在沒人的地方和『大庭葉藏』對峙……必須這麼做的理由只有一個，那就是妳要讓他親眼看到《晚年》被燒掉。為了不讓異常執著的他再度出現在自己的眼前，唯一的辦法就是讓獵物消失，我有說錯嗎？」

我把話說到這裡，等待她的回應，不過，只有凝重的沉默籠罩著病房。沒有任何辯解的她令我感到異常火大。

「不過，無緣無故引他過來然後燒書，只會令人覺得不自然而已。所以，妳就設計了讓他找到《晚年》的下落，再前來醫院奪取的戲碼……

志田大叔說過，『笠井菊哉』並非本名的這件事，『在這個業界，只要是喜歡書的人應該都會察覺才對』，所以妳應該早就知道了吧？當然，也早已推測出『大庭葉藏』和『笠井菊哉』就是同一個人。因此，妳就將計就計利用了他進出我們店裡的事……」

話題應該已經切進核心了，但是她仍一點反應也沒有，只是沉默地低垂著頭。她無動於衷的態度令我愈發憤怒不可遏。

「妳本來就持有好幾本《晚年》的復刻版。告訴我復刻版的事情時，妳自己也說過曾買了『好幾本』……所以妳準備了兩種，一種是用來展示在店裡的，另一種則是用來燒毀的，對吧？展示在店裡的那本，只是粗糙地隨便偽裝而已。如果連我和妳妹妹都能分辨……一定也會被『笠井』看穿，然後藉此讓他向我打聽真品，這就是妳的目的。相信他的我，很自然就把真品的下落告訴了他。

另一方面，妳卻很用心地偽裝要燒毀的那本書。把紙張加工成老舊的質感，在襯頁上模仿太宰的筆跡，寫上一模一樣的字句和簽名……手邊就有真品，只要道具齊全，要仿造成乍看之下沒有破綻的相似物，並非難事。

那天傍晚，我們明明都沒能看仔細，就完全斷定那是真品……那是因為之前妳已經先讓我們看過了粗糙的仿製品，所以我們才會很自然地斷定那本用心仿造的復刻版就是真品。妳就是想要這樣的心理效果對吧？我和田中敏雄完全被妳騙得團團轉。」

一口氣把話說完後，我才喘了一口氣。我的推理應該沒錯，在這裡的這本真《晚年》就是最佳的鐵證。

原本在床上不動如山的她，突然間深深地低下頭來。口中發出細若蚊鳴的聲音說道：

「……欺騙了您，我很抱……抱歉……」

我轉過頭去。遭人如此欺騙、利用，當然令我相當生氣。不過，我生氣的理由另有其他，那才是最令我感到生氣的原因。

「為什麼妳要自己一個人扛下所有的事？」

我開口說道。

「如果打從一開始就告訴我，目的是要保護真《晚年》，也跟我說『笠井』很可疑的話，不就可以不用冒這麼大的險了嗎？」

五天前，如果稍有不慎，篠川小姐或許就會被那男人殺害。如果事先讓我知情，應該就可以更安全地引誘「笠井」前來醫院，燒書給他看才對。明明如此謹慎地設下圈套，為何還要故意選擇那麼危險的方法。這點就是最令我感到生氣的地方。

病房裡鴉雀無聲。我將雙手放在膝上等待回應——不久，篠川小姐終於輕啟雙唇。

「我原本以為，五浦先生您……可能不會幫我……」

那沙啞的聲音如此說道。

「為什麼？我不可能不幫妳啊！」

這一個月，我們應該搭配得天衣無縫才對。喜歡說書中故事的她和喜歡聆聽的我，雖然只有一絲絲，但我們之間，應該已經培養出某種特別的情感。至少，我一直以來都這麼相信著。

「因為……您並不是愛讀書的人……」

她有點難以啟齒地如此低喃：

「……我以為，您或許無法理解，就算不擇手段也要把最喜歡的書留在身邊的那種心情……因為只不過是區區一本書而已。」

有如遭到雷擊般的心情。因為在醫院屋頂上和那男子對峙時，我說得相當清楚——為了區區一本書，有必要做到這種地步嗎？

那是深深刺痛她的一句話。剛開始在這裡工作時，不能說我沒有抱持那種想法。不管怎麼說，我之前並不是經常接觸書本的人，根本不了解珍視書本的人那種愛書的心情。就連這一點她也完全看穿了。

「雖然……我曾想過非得信賴您不可……」

聽著她有如從遠方傳來的聲音，我緩緩地站了起來。怒氣早已不知消失到哪裡去了，剩下的只是想要盡快離開這裡的心情。結果只是自己一廂情願地想和她順利相處而已。

（因為書蟲會喜歡同類，可能有點困難呢。）

果然就如您所說呢，外婆！

對這個人的事我完全不了解。到最後，我只是一個即使在緊要關頭，也無法得到她信賴的人而已。

「那……那個，真的……非常抱……」

「我要辭去書店的工作。」

「咦？」

她睜圓了雙眼。她如此驚訝反倒令我覺得意外。

「這個，還給妳。」

我把寄放的書店鑰匙塞到她放在毛毯上的手掌裡。接著，後退一大步和她隔開一段距離。

「五浦先生……那……那個，我還有話……」

我不理會聲音聽起來有些慌亂的她，深深地低下頭來。我已經不想要再聽什麼道歉了，因為那反而只會令我覺得更可悲。

「雖然相處時間很短，承蒙您照顧了。」

終章

就這樣，我辭掉了文現里亞古書堂的工作，只有再回去店裡一次領剩餘的薪水，不過，沒有再見到篠川小姐。

再度回到了無業遊民身分，對此最生氣的人就是媽媽。

「才做了一個月就辭職，到底在想什麼？這樣根本就不知道那份工作到底是好是壞嘛。你知不知道啊，無業遊民就跟米蟲一樣。人必須工作才能活下去。」

媽媽隨自己高興盡情嘮叨完之後，看到我鬱鬱寡歡、沉默不語的模樣，似乎也覺得講過頭了。隔天早上上班前，媽媽寫了一張留言在廚房給我：

「你已經賺到了吃飯的錢，所以下個工作慢慢再找吧！」

偶爾跟我講這麼正經的話，也很令人困擾呢。

老實說，我無法好好解釋自己為何要辭掉舊書店的工作。就算沒有受到信賴又如何？只要工作領得到薪水，受到認可足以當個稱職的店員，不就得了嗎？或許是我太奢求了，希望自己和她之間的感情，能夠超越店長與店員之間的關係。我不知道那到底算不算是戀愛，訴說書中故事的人和聆聽的人，這樣的關係到底該稱為什麼呢？

總之，我已經決定不再對職場的人有什麼異常期待了，尤其要特別留意比自己年長的眼鏡美女。我將這個教訓銘記於心，重新開始找工作。

兩個多星期就這樣風平浪靜地默默度過。我填了幾張履歷表，也參加了一些說明會，終於獲得埼玉縣食品公司的最終面試機會，說不定可以錄取吧。正當我心裡如此想著時，手機突然響起，是篠川小姐的妹妹打來的，彼此彆扭地問候完之後……

「……店裡的狀況如何？」

我開口問了一下最關心的事。員工突然辭職，一定造成很大的困擾吧！不過，她卻一派輕鬆地說道：

「在找到新店員之前先暫停營業。啊，不過五浦先生你不用太在意。本來姊姊不在還開店就已經很勉強了。」

就算她這麼說，還是無法消除我的愧疚之意。不用想也知道，關店的直接原因就是因為我辭職了。

「先不管這些，有件事我想問你。」

她的聲音突然變得一本正經起來。

「五浦先生，你和姊姊之間發生了什麼事對吧？」

這是目前我最難回答的問題。既無法說明《晚年》的事，也無法說明自己與篠川小姐之間到底發生了什麼事。

「嗯，是有一點狀況。」

「一點狀況……莫非是你摸了她那對巨乳？」

「怎麼可能啊！」

「不過，姊姊真的很大呢。形狀也相當不錯喔！」

篠川文香很明顯是在戲弄我。但是，我卻對擅自想像起來的自己感到可悲。

「……我要掛電話了喔！」

「對不起，等一下！姊姊的樣子很奇怪！」

「咦？」

「她無法看書了！」

我一瞬間啞口無言。把那麼多書帶到病房的那個人？為了保護一本書，不惜欺騙周遭所有人的那個人嗎？真令我無法想像。

「你辭職以後，她就一直發呆……好不容易馬上就要出院了，卻無精打采的。所以我很擔心，可以請你來探望姊姊嗎？一下子就好。」

結果，我沒有回答要不要去，只是含糊地說我考慮一下之後就把電話掛了。

從那之後，篠川小姐就一直占據著我的腦海。雖然無精打采的她令人擔心，但真的是我的緣故嗎？她會因為我的事而如此煩惱嗎？

事到如今，我已經提不起精神去見她了。人家都說得那麼清楚，無法信賴我，怎麼還能若無其事地和她閒聊呢？應該說，要和惜字如金的她閒聊，原本就是天方夜譚——可是，無精打采的她還是令人擔心。

我就這樣跳不出思考迴圈，等回過神時又已經過了好幾天。這天我去了一趟埼玉縣的零食公司接受最終面試。今天的感覺不錯，但因為太過緊張，回到大船時已經有些疲憊。

走出大船車站的驗票口，我走下樓梯踏上大馬路。天氣雖然還帶著一點夏天的餘威，不過一到夕陽西下，就會讓人想要穿上外套。秋天終於正式來臨了。

走在大馬路上，可以看見遠方那棟大船綜合醫院的白色建築。會客時間應該還沒結束。

（……去看看吧！）

我心裡還是很掛念篠川小姐，不過今天已經很晚了。或許明天再去會比較好，不，既然決定了就今天去吧——

「……那個……」

通過人行道長椅時，傳來一道細微的聲音。走了兩三步之後，我吃驚地回頭一看。

一位戴著眼鏡的長髮女子坐在長椅上，身上穿著一件亮麗的格子裙和素色的罩衫，外面還披著一件開襟針織毛衣。那是跟我好幾年前看到她時相同的樸素打扮——回想起來，這還是第二次看到她穿著睡衣以外的裝扮。

「篠川小姐……妳在這裡做什麼？」

「我今……今天出院……」

如此輕聲低喃後，她拄著兩根楞杖站起來。那是有著肘部支撐，看起來相當牢固的楞杖。一瞬間我伸出了手，但她害羞地搖了搖頭，挺起背脊自己站了起來。雖然聽說她可以出院了，但沒想到已經復原到這種地步。

「……我猜想，您或許……會經過這裡。」

我的體溫稍微有點上升，她似乎是坐在這裡等我的樣子。我們隔著幾步的距離彼此面對面。

「恭喜妳出院！」

總之，我先向她道賀。

「……謝謝！」

她低著頭回禮。兩人都找不到銜接的話題，就這樣沉默著。我的心裡出現一個問題，為什麼她會來見我？

「發生什麼事了嗎？」

我如此問道後，她只利用右手的楞杖撐起身體，將掛在左手的手提包拿給我。

「……這個……」

「咦？」

「請幫我保管。」

我不解地收下，確認手提包裡面放的東西後——不由得睜大了眼睛。映入眼簾的是眼熟的紫色綢巾包裹。我不可置信地打開包裹後，一本舊書出現在眼前，是《晚年》。襯頁上有著太宰治的簽名，無論怎麼看都是如假包換的真品。

「為什麼把書給我？」

「我希望您……能夠幫我保管。」

「這是什麼意思？」

我滿頭霧水。這不是她不惜欺騙周遭所有人，也要留在身邊的舊書，對她來說至為珍貴的東西嗎？

「那個……我想要……相信你……」

鼓起勇氣擠出這句話之後，她又滿臉通紅——原來如此，這樣我就明白了。為了當成信賴的證明，所以將自己最重要的東西寄放在我這裡。也就是說，這是她想要和我重修舊好的表示吧！不惜以價值數百萬的書來要求和好，還真像她的風格。

我不由得噗嗤一笑，雖然這時候笑的人就算輸了，不過她有這份心意就夠了。

「這麼貴重的東西，我無法收下。」

我把書放回手提包，再掛回篠川小姐的手腕上。看到她凍結的表情，我急忙說道：

「無法看書的我收下這本書也沒有意義，還是放在妳那邊比較好……如果之後不想要了，再隨時告訴我。不談這個了……」

我挺直背脊，正面朝著她說道：

「妳差不多該實現諾言了吧？」

「……諾言？」

她疑惑地傾著脖子問道。

「我們不是約好了，妳要詳細地告訴我《晚年》裡面到底是寫了什麼……妳忘了嗎？」

她的臉突然笑了開來，就像換了另一個人似地，讓我的目光無法離開。

「沒問題喔！請這邊坐！」

她毫不遲疑地立刻請我到長椅坐下，似乎打算就在這裡告訴我。雖然覺得她還真是個怪人，不過，我當然沒有理由拒絕。我稍微拉開距離在她的旁邊坐下，剛好是一本《晚年》的距離，不過，她卻拉近距離，身體緊緊地貼了上來。

接觸的地方傳來身體的溫度，讓我的左半身不由得僵了起來。我不免想了一下，萬一聽完《晚年》的故事後她要我回店裡工作的話該怎麼辦？雖然正職的工作也很可能會被錄取……

算了，先不用想那麼多，還是先來聽故事吧！

她就這樣面向前方，像是換了個人似地以流暢的口吻娓娓道來：

「之前曾提到過，《晚年》是昭和十一年時發行的太宰治處女作品集。初版僅發行了五百本，雖然太宰那時還只有二十幾歲，不過聽說為了寫這本書，卻花了十年時間寫下五萬多張的稿子。收錄的作品只是其中的一小部分……」

後記

每當走出陌生的車站時，如果還有時間，我便會在附近找看看有沒有舊書店。

若在商店街外或鐵道旁發現招牌的話，就會散步過去，把天花板高的書架從頭到尾瀏覽一遍。

我很喜歡唯獨舊書才有的那種獨特氛圍，彷彿在輾轉於人們手中時，裹上一層肉眼看不到的薄膜似的——當然，我也很喜歡新書那種嶄新的感覺。

每個人對待書的方式可說是千差萬別，有人保管得非常乾淨，也有人習慣使用書籤或是拿掉書腰。在翻閱舊書時，不光只是書中的內容，我也常會對這本書過去的擁有者萌生好奇心。

不知從何時開始，我興起了想要嘗試寫些關於舊書故事的念頭。會以北鎌倉為舞台，則是因為那裡是一個我從很久以前就相當熟悉，與我想描述的感覺也很吻合的寧靜土地。

附帶一提，在我寫下這篇後記的此時，北鎌倉一帶（就我所知）並沒有舊書店。因此，主角工作的書店也並沒有實際的參考模型，而是我腦中創造出來的。如果我高中時代有這樣的一間店，那麼我一定會變成常客，書中的舊書店就是在這樣的想像中寫出來的。

不過，在書中登場的舊書倒是全都存在著。每一本都是我所喜愛，也有著某些回憶的書籍。希望我所寫的這部作品，也能像那樣成為某個人喜愛而充滿回憶的書籍之一。

衷心感謝協助本書出版的所有相關人士，還有閱讀此後記的所有讀者們。

三上延

參考文獻（省略敬稱）

夏目漱石《漱石全集 第八冊 從此以後》（岩波書店）
矢口進也《漱石全集物語》（育英舍）
內田百閒《漱石先生雜記帖》（河出文庫）
森田草平《夏目漱石》（筑摩書房）
小山清《拾穗．聖安徒生》（新潮文庫）
小山清《小山清全集》（筑摩書房）
今和次郎／吉田謙吉《考現學》（春陽堂）
彼得．迪金生《行屍走肉》（三麗鷗ＳＦ文庫）
維諾格拉多夫／庫茲明《邏輯學入門》（青木文庫）
太宰治《晚年》（砂子屋書房）
太宰治《太宰治全集．1》（筑摩書房）
梶山季之《背取男爵數奇譚》（桃源社）
出久根達郎《作家的價值》（講談社）

國家圖書館出版品預行編目資料

古書堂事件手帖：栞子與她的奇異賓客 /
三上 延作；曉峰譯.
-- 初版. -- 臺北市：臺灣國際角川 ,2012.07
面； 公分. -- (Kadokawa light literature)

譯自：ビブリア古書堂の事件手帖
～栞子さんと奇妙な客人たち～
ISBN 978-986-287-800-2(平裝)

861.57 101010373

輕文學 Light Literature

古書堂事件手帖 ～栞子與她的奇異賓客～

原著名＊ビブリア古書堂の事件手帖 ～栞子さんと奇妙な客人たち～

作　　者＊三上 延
插　　畫＊越島はぐ
譯　　者＊曉峰

2012年7月25日　初版第1刷發行
2019年9月5日　初版第11刷發行

發 行 人＊岩崎剛人
總 經 理＊楊淑媄
資深總監＊許嘉鴻
總 編 輯＊呂慧君
主　　編＊李維莉
設計指導＊陳晞叡
印　　務＊李明修（主任）、張加恩（主任）、張凱棋

台灣角川

發 行 所＊台灣角川股份有限公司
地　　址＊105台北市光復北路11巷44號5樓
電　　話＊（02）2747-2433
傳　　真＊（02）2747-2558
網　　址＊http://www.kadokawa.com.tw
劃撥帳戶＊台灣角川股份有限公司
劃撥帳號＊19487412
法律顧問＊有澤法律事務所
製　　版＊尚騰印刷事業有限公司
I S B N＊978-986-287-800-2